海登·怀特历史诗学重估

李珺 著

郑州大学出版社

图书在版编目(CIP)数据

海登·怀特历史诗学重估 / 李珺著. — 郑州：郑州大学出版社，
2023. 9

ISBN 978-7-5645-9970-6

Ⅰ. ①海… Ⅱ. ①李… Ⅲ. ①怀特（White, Hayden 1928-2018）-
诗学观 - 研究 Ⅳ. ①I712.072

中国国家版本馆 CIP 数据核字（2023）第 189057 号

海登·怀特历史诗学重估

HAIDENG HUAITE LISHI SHIXUE CHONGGU

策划编辑	刘金兰	封面设计	苏永生
责任编辑	李海涛	版式设计	苏永生
责任校对	陈　思	责任监制	李瑞卿

出版发行	郑州大学出版社	地　　址	郑州市大学路 40 号（450052）
出 版 人	孙保营	网　　址	http://www.zzup.cn
经　　销	全国新华书店	发行电话	0371-66966070
印　　刷	郑州市今日文教印制有限公司		
开　　本	710 mm×1 010 mm　1 / 16		
印　　张	9.5	字　　数	174 千字
版　　次	2023 年 9 月第 1 版	印　　次	2023 年 9 月第 1 次印刷

书　　号	ISBN 978-7-5645-9970-6	定　　价	69.00 元

目录

绪 论

　　海登·怀特(Hayden White)是20世纪思想史和学术史无法回避的代表性人物。1928年,怀特生于美国南方田纳西州西北部马丁县的工人阶级家庭,后在大萧条时期随父母搬到密歇根州的底特律市,大学就读于本市的韦恩州立大学。在1940年代短暂的海军服役后,怀特回到密歇根大学攻读中世纪史专业的硕士、博士学位,分别于1952年、1955年毕业。研究生阶段他研究12世纪教会史,随后相继在韦恩大学(1955—1958年)、罗切斯特大学(1962—1964年任历史系主任)、洛杉矶的加州大学(1968—1973年)、康涅狄格州韦斯里安大学(1973—1977年任人文中心主任)和圣塔·克鲁茨的加州大学执教,讲授中世纪史、思想史和文化史。1994年,怀特退休后担任斯坦福大学比较文学的博撒教授(Bonsall Professor)教习。学术上,怀特进入学界是在1960年代美国高等教育大幅扩展的时期,他称之为"一个激动人心的年代",因为60年代的动荡不定的危机时刻促使对保守教育制度的改革得以实施。① 他参与了学生抗议活动和教学计划的改革,也由时代变动之思对现代大学制度中历史学科自身的职业化和存在的合法性产生了兴趣,具体体现在对19世纪史学思想的研究。1966年被视为他第一篇重要论文的讲演稿《历史的负担》(The Burden of History)发表在《历史与理论》杂志,其对19世纪史学方法论的质疑和学科专业化是由各种文化力量作用的揭示,以及呼吁当代史学家正视特定历史条件下历史学科性质的阐述,吸引了大批专业读者。1973年出版的专著《元史学:十九世纪欧洲的历史想象》(Metahistory:The historical Imagination in Nineteenth-Century Europe,以下简称《元史学》)扩展了《历史的负担》一文的概述,区分了形式论证式解释、情节化解释和意识形态蕴含式等三种史学家的解释策略及其分别附属的四种言说模式,将此背后的深层历史意识模式——隐喻、提喻、转喻和反讽的主

---

① 埃娃·多曼斯卡:《邂逅:后现代主义之后的历史哲学》,彭刚译,北京大学出版社,2007年,第16-17页。

导比喻方式作为构成史学作品的"元史学"基础,并以此分析19世纪史学思想大师的历史编纂"风格"。《元史学》明确了历史研究和历史作品中的诗性本质和历史学观念赖以构成的语言学基础,以历史话语的文学性重构史学学科的努力却没有得到史学界的共识,反而使怀特在文学批评界获得了盛名,更确立了他以史学和文学为主的跨学科研究路径。1978年,论文集《话语的转义——文化批评文集》(*Tropics of Discourse*:*Essays in Cultural Criticism*)深入探讨了人文学科话语建构过程中的转义机制,将转义作为历史话语的认知模式和言说方式。1987年出版的论文集《形式的内容:叙事话语与历史再现》(*The Content of the Form*)则关注叙事话语的再现问题,视本身作为概念内容的叙事蕴含着鲜明意识形态甚至特殊政治意蕴的本体论和认识论选择,探讨了历史学家德罗伊森、福柯和文学理论家詹姆逊、利科相关理论著作中的叙事问题。1999年,另一部论文集《比喻实在论:关于模仿效果的研究》(*Figural Realism*:*Studies in the Mimesis Effect*)延续了对比喻性语言再现效果的探究,试图展现历史写作中的文学性和文学书写中的现实主义,将两者视为西方实践的成果而非再现或模仿的实践。2010年,罗伯特·多兰(Robert Doran)整理怀特未成集的23篇论文,以《叙事的虚构:历史、文学和理论方面的论文(1957—2007)》(*The Fiction of Narrative*:*Essays on History*,*Literature and Theory*,1957—2007)为题出版,其中回顾并评述了怀特整个学术生涯,高度赞扬怀特对史学研究中"理论"兴起的贡献。多兰还提到书中未收录的《历史话语和文学书写》一文,怀特以《见证文学中的比喻实在论》(*Figural Realism in Witness Literature*)为题修改并再次发表,也将会是怀特下一本书中的一章。2014年11月,怀特的新书《实践的过去》(*The Practical Past*)出版,收录了他最近的多篇论文,对此前的史学观点有所扩展。他采用迈克尔·奥克肖特(Michael Oakeshott)概念中"实践的过去"(the practical past)和"历史的过去"(the historical past)的区分,反思现代历史编纂学的学科化、职业化后果和历史学家的社会责任,倡导关注历史学家书写模式之外的神话、虚构、传奇等文学叙述中的历史再现问题,关注非职业历史写作者日常记忆、判断和价值基础上真正的"实践的历史"。此外,新世纪以来怀特仍不断有论文及评论发表①,其学术活力和影响力可见一斑。

　　作为历史学家,怀特主导的历史学领域的语言学转向和叙事转向革新了历史学的研究范式,使其融入后现代主义的洪流,深刻地改变了传统史学研究的面貌。而尤为突出的是,怀特的思想是跨学科研究的典范。在其历史著述中,他借鉴了同时代文学、哲学、人类学、社会学、心理学、艺术学等多学科知识和方法,将其理论范式引入历史学科的知识重构。同时,他从史学的角度对文学、哲学、艺术等学科都有着大量有见地的论述,对这些学科的发展产生了很大影响。尤其是他将文学批评的结构主义理论引入历史话语的分析,比如他以转义(隐喻、转喻、提喻和反讽)作为史学语言架构的基本类型,把小说中的情节结构(浪漫剧、悲剧、喜剧、讽刺剧)运用到历史再现的叙事想象中,不仅参照了传统的文学理念和方法,也得益于对弗莱、巴特、德里达等文学理论家的借鉴。正如拉卡普拉对怀特的褒誉"当今在这个国家(美国)没有人能像怀特那样将历史学家从教条主义的迷梦中惊醒"②,怀特同时惊醒了更多的文学研究者,促使他们关注文学和历史的交融,也激发了他们以文学作为知识重构方式的信心。

　　历史诗学是怀特思想的核心。他在唯一的专著《元史学:十九世纪欧洲

---

① 如近10多年来,怀特仍以高龄参加学术和社会活动,并不断发表论文。与历史学科相关的有: Introduction: *Historical Fiction*, *Fictional History*, *and Historical Reality*. *Rethinking History*,9. 2/3(2005):147–157. 和 *The Public Relevance of Historical Studies*: *A Reply to Dirk Moses. History and Theory*,44. 3(2005):333–338. 在文学类刊物发表的有: *Commentary*:"*With no particular place to go*":*Literary History in the Age of the Global Picture*. *New Literary History*,39. 3(2008):727–745. 及 *Reflections on* "*gendre*" *in the Discourses of History. New Literary History*,40. 4(2009):867–877. 跨学科理论刊物和文化研究刊物有: *The Historical Event. Differences*:*A Journal of Feminist Cultural Studies*,19. 2(2008):10–34. 和 *Historical fictions*:*Kermode's idea of history. Critical Inquiry*,54. 1(2012):43–59. 还在艺术类刊物发表:*The Dark Side of Art History. The Art Bulletin*,89. 1(2007):21–26.

② LaCapra, Dominick. " A Poetics of Historiography: Hayden White's Tropics of Discourse. " In LaCapra, Dominick. *Rethinking Intellectual History*:*Texts*,*Contexts*,*Language*, NY:Cornell University Press,1983:72.

的历史想象》中将"历史诗学"①作为该书的导言,并在多篇论文中提出了相关主题。在长达50年的学术生活中,怀特有些具体的观点时常改变,立场也多有调整②,但他唯一坚持的是历史诗学的修辞路径。历史和诗学,构成了他试图融合历史学和文学研究的两个维度,也概述了他跨学科研究的主要关注点。历史诗学的说法由此广为怀特历史思想的研究者接受。如凯尔纳直接以"诗学"指称怀特的历史研究③,科恩以其为指导详细阐述了历史学家文本建构及批评接受中的文学修辞④,格林布拉特借用怀特"历史诗学"提出"文化诗学"⑤。多兰则更深入地分析了怀特作品中历史的诗性概念(a poetic notion of history),一方面表现为"创制"(poiesis),即艺术创作和情节化设置,另一方面体现在以形式或文类分析的方式揭示自身被建构的特性。⑥ 国内怀特研究中对历史诗学也达成了共识,多篇期刊论文和硕博毕业

---

① "历史诗学"的概念有不同的提法:一种是由维谢洛夫斯基提出的"historical poetics",在巴赫金的《历史诗学概论》中进一步发展,指历史性的诗学研究,着重点在诗歌和小说等文学文体;另一种即怀特的"poetics of history",指历史的诗学研究,探讨历史的诗学维度,poetics在此指广义的与文学形式及话语相关的理论,同样的说法有詹姆逊的"poetics of historiography"。(见 Jameson, Fredric, "Figural Realism, or the Poetics of Historiography," in Jameson, *The Ideologies of Theory*: *Essays*, 1971 - 1986, vol. I, London: Routledge, 1988. pp. 153-65.)

② 怀特20世纪50年代从事思想史研究,博士论文关于12世纪教会史,方法论上接近当时盛行的韦伯式的社会科学模式。1966年《历史的负担》中他的立场较为激进,但在之后的论著中为应对史学界种种质疑逐渐趋于守势,尤其在大屠杀的再现问题上对之前观点有所修正,否认语言决定论和后结构主义消解历史的激进做法。新世纪以来,他更多关注历史学科职业化与史学家社会责任等问题,但修辞路径一直是怀特借助的方法和目标。怀特本人学术立场的转变更类似罗兰·巴特,语境不同具体论述有调整。对于自己的作品,他的态度极为开放,忘记过去而关注当下,对评论者的阐释和发挥不加置喙。[参见多曼斯卡对怀特和凯尔纳的访谈:Domanska, Ewa. "The Image of Self-Presentation." *Diacritics*, 24. 1 (1994):91 - 100. 以及怀特本人的回复:Munslow, Alun. "Editiorial." *Rethinking History*,17.4(2013):435-436.]

③ Kellner, Hans. "A Bedrock of Order: Hayden White's Linguistic Humanism." *History and Theory*,19.4(1980):1-29.

④ Cohen, Sol. *Chanlenging Orthodoxies*: *Towards a New Cultural History of Education*. New York: Peterlang, 1999:326.

⑤ Reinelt, Janelle G., Roach, Joseph R.. eds., *Critical Theory and Performance*. Ann Arbor: University of Michigan Press, 2007:193.

⑥ White, Hayden. *The Fiction of Narrative*: *Essays on History*, *Literature*, *and Theory* 1957—2007. Baltimore: The Johns Hopkins University Press, 2010: xxiv.

论文直接以"怀特的历史诗学"为题①,还有专著以此为题②。此外,台湾学者黄进兴也有相关主题的论述③。可以说,历史诗学已经成为怀特基本思想公认的概括。然而,由于怀特主要跨越历史学和文学两个学科,对怀特及其历史诗学的研究多为历史学和文学两个领域的学者分别在各自学科范围内进行的论述,未能对跨学科视野中怀特历史诗学的历史和文学维度如何融合进行深入的探讨。同时被忽略的还有怀特历史诗学在 20 世纪学术史和文化史中的表现和地位。怀特历史诗学的提出正处于 20 世纪 60 年代之后西方思想界的后现代转向时期。伴随文学、哲学领域最先出现的后结构主义思潮,逐渐出现了后现代知识危机,甚至在社会科学乃至自然科学中都出现了跨学科的知识重构趋势。后现代文化思潮中确定性和决定论的消退,真理、客观性、普遍性、价值无涉原则的丧失使多个学科倾向于质疑原有的认识范式和学科基质。不确定性、复杂性和地方知识等观念的浮现,开始推动它们脱离基础主义、客观主义和本质主义的迷雾,超越传统学科的认识论框架,借毗邻学科的研究方法来实现自身知识的转型和重构。这一跨学科研

---

① 如陈永国、朴玉明:《海登·怀特的历史诗学:转义、话语、叙事》,《外国文学》,2001 年第 6 期;赵志义:《历史话语的文学性——兼论海登·怀特的历史诗学》,《青海师范大学学报(哲学社会科学版)》,2006 年第 4 期;翟恒兴:《历史之真:故事的形式论证式解释模式——论海登·怀特历史诗学的真实性诉求》,《广西社会科学》,2013 年第 3 期。博硕论文有翟恒兴:《走向历史诗学——海登·怀特的故事解释与话语转义理论研究》,浙江大学 2006 年博士学位论文;郭虹:《海登·怀特历史诗学简论》,新疆大学 2007 年硕士学位论文。

② 如董馨:《文学性与历史性的融通——海登·怀特历史诗学研究》,中国社会科学出版社,2010 年;张进:《新历史主义与历史诗学》,中国社会科学出版社,2004 年;张进:《历史诗学通论》,暨南大学出版社,2013 年。

③ 黄进兴称其为"历史语义论",而在相关论文英文题目和摘要中描述为"Poetics of History",见黄进兴《后现代主义与史学研究》,三联书店,2008 年;黄进兴在《"历史若文学"的再思考——海顿·怀特与历史语义论》中解释其受雅各布森影响将"a poetics of history"翻译为"史学的语义论"的原因:"'poetics'向来译作'诗学',专指古希腊亚里士多德的诗论。惟细译亚氏的《诗学》,盖凡论该时的文艺之作,特别戏剧方面,并非囿于诗作;晚近受后现代影响则流行冠于某某学科之前,譬如'a poetic of politics'或'a poetics of history',若是译为'政治诗学'或'历史诗学'则易误导文义,不得其解。处此语境之中,'poetics'系分析该学科的语言及构成原则。我建议译为'语义论'较为妥切。"(见《新史学》2003 年 14 卷 3 期,第 89 页)黄进兴的译法考虑到了 poetics 超出诗歌层面的语言学内涵,尤其是吸收了雅各布森关于 poetics 的广义看法,但译为"历史语义学"过于强调其语言学特质,易忽略其与广义的文学和文学理论交叉的指涉性,反不如"历史诗学"易理解。

究和学科知识重组趋势的体现之一就是怀特的历史诗学。因此,从后现代学术史视角重新解读怀特的历史诗学具有显著的理论意义。而之前对怀特的大量研究也为我们重新审视怀特的历史诗学提供了理论资源,加上怀特本人现在仍不断有论述和阐释,为本研究的开展奠定了良好的基础。

重审怀特历史诗学,对当前中国的文学理论和历史、文化研究也具有现实意义。一方面,其文本化的历史再现理论为中国传统历史及其著作的现代阐释提供了崭新的视角。传统历史著作往往属于广义的文学作品,带有史家或鲜明或模糊的个人风格,也具有隐含的意识形态因素。以其作为文本,进行语言学意义上的分析,并结合其他历史研究方法,将得出更多有价值的新结论。叙事史学的复兴与叙事历史作品的广泛传播也可以成为中国史学研究和历史书写的一个面向。另一方面,怀特以文学颠覆传统历史主义的方法,为当前处于文学危机和理论危机中的文学研究提供了一种解决途径。理论热潮之后,文学的概念和研究有必要扩展;文学学科不仅有必要借鉴其他学科的理论和方法,也有必要作为普遍的方法和理论渗入非文学学科知识的重构中。同时,怀特反思历史的"元史学"理念,具有"理论"的自反性和建构性特征,会为文学理论话语的更新提供开阔的视野。此外,怀特的历史诗学理论可为最近社会文化中反思历史的现象提供一定的阐释。近年来,无论是官方话语还是民间话语,都有着新历史主义的诉求。比如,对辛亥革命的再解读,南京大屠杀史料的搜集和编著,民间口述史的展开,小说和传记中的历史关注,索尔仁尼琴倒转"红轮"带来的热议和托克维尔《旧制度与大革命》引发的热潮。除这些现象的意识形态色彩以外,从理论研究上看,怀特的历史想象理论、文本论和语境论都有助于阐释复杂的历史意识、历史记忆和历史实践问题。

一、研究现状与文献综述

国外对怀特的研究主要集中在历史学界。支持怀特的历史学家多为后现代历史学的坚定认同者。怀特的学生汉斯·凯尔纳(Hans Kellner)积极阐发怀特的转义、叙事理论,认为怀特的《元史学》回归了文艺复兴以来的语言人本主义(linguistic humanism)传统,并详细描述了怀特的理论溯源和思想背景。① 赫尔曼·保罗(Herman Paul)完成了以怀特为主题的博士论文,并出版了《海登·怀特:历史想象》(*Hayden White:the Historical Imagination*)一书,将怀特思想定位为人本主义的历史主义,将历史诗学定位为解放的历史编纂学,对怀特历史想象与实在论模式、结构主义与话语权力、历史意义和怀特与现代主义运动的联系进行了论述。弗兰克·安克斯密特(Frank R. Ankersmit)褒扬怀特及其作品,把《元史学》作为"过去25年来历史哲学中最具突破性的著作"②,认为是怀特等理论家"使得史学理论最终(虽然是姗姗来迟地)经历了其'语言学的'(或者'文学的')转向,并且因此摆脱了那种有可能让它堕入无人问津的境况的思想上的孤立状态"③。实际上,埃娃·多曼斯卡(Ewa Domanska)的《邂逅:后现代主义之后的历史哲学》一书就是对怀特理论接受和争议的评价之作。基思·詹金斯(Keith Jenkins)甚至将怀特的历史编纂观推得更远:他把历史研究当作历史编纂学,认为专注于历史学家写作的历史编纂学不再是历史研究的外围,而应是历史研究的构成。④ 理查德·范恩(Richard Vann)对1973年至1993年以来英语和其他语言的期刊上关于怀特的作品引用进行了定量分析,并对其在历史、文学学科不同的接受程度和国际影响力进行了比较。⑤ 2009年为庆祝怀特的八十大寿,安克斯密特、多曼斯卡和凯尔纳主编了 *Re-Figuring Hayden White* 一书,辟专章论述怀特在哲学、叙事、话语和实践等方面的贡献。⑥

在史学界,对怀特持质疑态度的历史学家则更多。格奥尔格·伊格尔

① 见埃娃·多曼斯卡:《邂逅:后现代主义之后的历史哲学》,彭刚译,北京大学出版社,2007年,第39-79页;Kellner, Hans. A Bedrock of Order:Hayden White's Linguistic Humanism. *History and Theory*, 19. 4 (1980):1-29;Kellner, Hans. The Inflatable Trope as Narrative Theory:Structure or Allegory?. *Diacritics*, 11. 4 (1981):14-28;Kellner, Hans. Narrativity in History:Post-Structuralism and Since. *History and Theory*,26.4(1987):1-29.

② Ankersmit, F. R.. Historiography and Postmodernism?. *History and Theory*, 28. 2 (1989):137-153.

③ 埃娃·多曼斯卡:《邂逅:后现代主义之后的历史哲学》,彭刚译,北京大学出版社,2007年,第39-79页。

④ Jenkins, Keith. *Re-thinking History*, New York:Routledge, 2003:14.

⑤ Vann, Richard T.. "The Rception of Hayden White," *History and Theory*, 37. 2 (1998):143-161.

⑥ Ankersmit, Frank, Domańska, Ewa, & Kellner, Hans. *Re-figuring Hayden White: Cultural Memory in the Present*. Stanford, Calif.:Stanford University Press, 2009.

斯(Georg G. Iggers)赞赏怀特对史学史方法革新所做的贡献,但认为怀特重视成文历史而忽略历史记忆和历史重建等其他形式,并否认怀特关于所有历史记述包含虚构因素的观点,比如怀特对巴特"除语言学意义的存在以外,事实从不存在"的引用。① 同时,提出了怀特的相对主义倾向,还在怀特具体论证逻辑和论据上提出了质疑。莫里斯·曼德尔鲍姆(Maurice Mandelbaum)也认为怀特忽视了事件和事件间的关系先于历史叙述并独立于其外存在。② 西敏·甘(Simmin Gunn)认为,怀特夸大了叙事和虚构间的类型,忽视或排除历史学家实际研究过程中所用的技术性方法。③ 亚瑟·马维克(Arthur Marwick)认为,怀特代表的后现代主义史学家研究历史的方法属于形而上学的研究法。④ 史学界的质疑主要集中在怀特叙事历史主义、历史相对主义和虚无主义倾向上。

实际上,史学界在怀特理论的探讨和接受方面有着两种截然对立的趋势。坚持兰克实证主义史观的传统史学家大都难以接受怀特的诗学观点,而新近支持学科革新的年轻史学家(尤其是有着激进主张的解构主义者)、美国学界以外的新一代欧洲史学家、第三世界国家史学家等往往奉其为精神导师。最突出表现在:怀特本人在美国史学界核心历史刊物《美国历史评论》(The American Historical Review)上近50年间仅发表署名文章一篇⑤,几乎类于隐身主流历史评论界;而其多数论文发表在新兴历史刊物《历史与理论》(History and Theory)、《重思历史》(Rethinking History),跨学科理论刊物《新文学史》(New Literary History)、《批评探索》(Critical Inquiry)、《差异》(Differences:A Journal of Feminist Cultural Studies),以及美国本土以外的多家历史刊物;对怀特的采访更多的出自美国学界以外的他国学者,尤其是波兰的多曼斯卡⑥曾多次访问过他;更不用提是荷兰的安克斯密特教授率先引其为叙事主义历史哲学的鼻祖。对怀特的研究,近十年以来,仅《重思历史》刊

---

① 陈启能、倪为国主编:《书写历史(第一辑)》,上海三联书店,2003年,第3、12页。

② Mandelbaum,Maurice. The Presuppositions of Metahistory. *History and Theory*,19 (1980):39-54.

③ Gunn,Simmin. *History and Cultural Theory*,Pearson Education Limited,2006:29-36.

④ Marwick,Arthur. Two Approaches to Historical Study:The Metaphysical(Including "Postmodernism") and the Historical. *Journal of Contemporary History*,30.1(1995):5-35.

⑤ White,Hayden. Historiography and Historiophoty. *The American Historical Review*,93. 5(1988):1193-1199.

⑥ 目前最详备的怀特著述目录也是由多曼斯卡整理出来的,见 http://www.staff. amu.edu.pl/~ewa/Hayden_White_Bibliography.htm

物就组织过两次专题讨论,出版了相关的特刊。在 2008 年 3 月的专题中,多曼斯卡再次与怀特就"历史事件""历史实在"、历史知识的社会功能和历史研究方法论等问题进行了深入的探讨,怀特也在此次访谈中最早提出了对"实践的过去"(the practical past)的观点。① 奥利佛·达多(Oliver Daddow)则回顾了怀特对历史研究学科化进程的表述,并以自己英国史的史学实践引证怀特三十年前对历史学科职业化弊病判断之正确。② 詹金斯阐释了其"激进历史"(radical history)的立场和研究旨向,并引怀特为激进历史的首要启发者。③ 保罗更是追溯怀特 20 世纪 50 年代博士论文的韦伯式研究主题和方法,提出怀特当时对意识形态的关注和覆盖率模式预示着他《元史学》中的元历史解读和转义序列。④ 在对怀特理论的引用和解读中,甚至他未加申明的话题都得到关注,如卡勒·皮兰宁(Kalle Pihlainen)基于自己的立场对怀特作品中的"读者"理论进行了引申⑤,尽管其对怀特文章的断章取义似有过度阐释的嫌疑;帕特里克·芬尼(Patrick Finney)则强调了怀特对国际关系史研究的影响作用⑥,展示了怀特理论在其他领域中的应用价值。

2013 年,《重思历史》刊物再次组织《元史学》出版 40 年的纪念特辑。怀特这本唯一的专著,历经了近半个世纪之后仍被认为是部"解放的作品"(liberating exercise)⑦,仍旧对历史学家的史学实践起着积极的指导作用。或者可以说,怀特 20 世纪六七十年代提出和呼吁的史学范式转换到今天还未得到完全实现,仍是历史学家中革新派或引以为盟或直接借鉴的理论旗帜,甚至他们出于自身研究需要把怀特的思想推得更远,为后结构主义历史实践背书。同时也有史学家或哲学家试图从自己保守主义立场或哲学路径

---

① Domanska, Ewa. A Conversation with Hayden White. *Rethinking History*, 12. 1 (2008):3−21.

② Daddow, Oliver. Exploring History:Hayden White on Disciplinization. *Rethinking History*,12. 1(2008):41−58.

③ Jenkins,Keith. Nobody Does it Better:Radical History and Hayden White. *Rethinking History*,12. 1(2008):59−74.

④ Paul, Herman. A Weberian Medievalist:Hayden White in the 1950s. *Rethinking History*,12. 1(2008):75−102.

⑤ Pihlainen, Kalle. History in the Worldt:Hayden White and the Consumer of History. *Rethinking History*,12. 1(2008):23−39.

⑥ Finney,Patrick. Hayden White,International History and Questions too Seldom Posed. *Rethinking History*,12. 1(2008):103−123.

⑦ Munslow, Alun. Editorial. *Rethinking History*,17. 4(2013):435.

解读怀特理论和作品中的意义和方法论价值。加布里埃尔·斯皮格尔（Gabrielle M. Spiegel）肯定《元史学》始终存在的话题价值：虽然"很难想象过去 40 年里还有比怀特的《元史学》更能影响我们史学理解或引发更持久讨论的以理论和历史哲学为主题的著作"，但对于此书基本含义及其应用性仍存在许多根本性的分歧。尤其是对它的最新解读，已经影响到读者对怀特作为理论家和历史哲学家的基本认知。斯皮格尔重新阐释了书中的转义观点，分析了保罗、凯尔纳等人对怀特存在主义思想的新解释，指出怀特的目的不仅仅是批判兰克式的历史范式，更旨在将当代历史学家和历史编纂学从历史的重负中解放出来，朝向一个更具有道德责任感的未来。① 皮兰宁对怀特的叙事建构主义进行了再解读，认为历史不是从过去的事实中获取意义，而是由于不可避免的主观性或建构性特性出自历史学家对作品结论的责任。② 文化史家彼得·伯克（Peter Burke）则将《元史学》追溯到博古传统的历史修辞研究，高度肯定其是此修辞传统继文艺复兴之后的语言学转向时代的第二次回归，并以怀特修辞路径在人类学、地理学和国际关系的应用为题讨论 1973 年此书出版以来的跨学科趋势。③ 乔纳森·高曼（Jonathan Gorman）从分析哲学传统解释了《元史学》当初不被剑桥的哲学家和历史学家接受的原因：分析哲学与历史的不同、分析哲学与思辨形而上学的不同、分析哲学与政治道德的分歧。高曼认为《元史学》恢复了彼得·斯特劳森式的"描述的形而上学"（descriptive metaphysics）范式，为心灵哲学和时间哲学的发展提供了轮廓。④

此外，鉴于论文内容涉及国外史学界对怀特理论路径和后现代主义立场的论争，为避免重复，本文下面的章节将以具体问题为导向分析文献并展开相关论述。

国内对怀特著述的翻译，最早在王逢振等编的《最新西方文论选》（漓江

---

① Spiegel, Gabrielle M.. Above, About and Beyond the Writing of History: A Retrospective view of Hayden White's *Metahistory* on the 40th Anniversary of its Publication. *Rethinking History*, 17. 4(2013):492–508.

② Pihlainen, Kalle. Rereading Narrative Constructivism. *Rethinking History*, 17. 4 (2013):509–527.

③ Burke, Peter. *Metahistory*: Before and After. *Rethinking History*, 17. 4 (2013):437–447.

④ Gorman, Jonathan. Hayden White as Analytical Philosopher of Mind. *Rethinking History*, 17. 4(2013):471–491.

出版社,1991 年版)中收录了怀特《新历史主义:一则评论》的译文。
1993 年,张京媛主编的《新历史主义与文学批评》(北京大学出版社)汇集了
怀特的四篇论文,将怀特定位为新历史主义的理论家。同年,程锡麟等翻译
的拉尔夫·科恩主编的《文学理论的未来》(中国社会科学出版社,1993 年
版)中收录了怀特的《"描述逝去时代的性质":文学理论与历史写作》。
2003 年之后怀特的著作和文集陆续被引进,至今有四部:陈永国、张万娟翻
译的怀特自选文集《后现代历史叙事学》(中国社会科学出版社,2003 年
版),陈新翻译的《元史学:十九世纪欧洲的历史想象》(译林出版社,2004 年
版)和董立河译的《形式的内容:叙事话语与历史再现》(文津出版社,
2005 年版)、《话语的转义——文化批评文集》(大象出版社,2011 年版)。怀
特最近的三本文集——《比喻实在论:关于模仿效果的研究》(霍普金斯大学
出版社,1999 年版)、《叙事的虚构:历史、文学和理论方面的论文,1957—
2007》(霍普金斯大学出版社,2010 年版)和《实践的过去》(西北大学出版
社,2014 年版)还未得到翻译。

　　由于怀特被当作新历史主义文学理论家引入国内,文学领域最早开展
对怀特的评介和研究。1988 年杨周翰在《历史叙述中的虚构——作为文学
的历史叙述》中赞同怀特历史叙述接近文学类型的观点,认为怀特关于"历
史叙述没有固定术语,只能用借喻、象征语言"的论述更能抓住历史叙述的
虚构性的根本成因。[1] 徐贲的《海登·怀特的历史喻说理论》从修辞学角度
引介了怀特的转义理论。[2] 王岳川《海登·怀特的新历史主义理论》,将怀特
和格林布拉特共同定位为新历史主义文学运动的主将。[3] 陈永国、朴玉明在
《海登·怀特的历史诗学:转义、话语、叙事》中阐释了怀特两部著作和多篇
论文,认为怀特的历史诗学对于文学的历史主义批评具有借鉴意义,将"回
归历史"作为西方文学批评和理论在结构主义和后结构主义之后的新趋
势。[4] 林庆新将怀特与福柯的理论归为"关于话语的话语",是对"语言结

　　[1]　朱汝瞳:《新时期文学思潮研究》,群言出版社,2005 年,第441 页。
　　[2]　徐贲:《海登·怀特的历史喻说理论》,《苏州大学学报(哲学社会科学版)》,
1993 年第3 期。
　　[3]　王岳川:《海登·怀特的新历史主义理论》,《天津社会科学》,1997 年第3 期。
　　[4]　陈永国、朴玉明:《海登·怀特的历史诗学:转义、话语、叙事》,《外国文学》,
2001 年第6 期。

构"的研究,指出怀特的话语转义学旨在重建史学与文学正在失去的关联。①
2005、2006 年对怀特的研究进入一个小高峰:不仅史学界积极展开对怀特历
史理论的深入探讨,文艺学专业也出现了三篇以怀特为题的博士论文。赵
志义系统阐述了怀特的历史诗学,将其置于西方思想史上"诗"和"史"的关
系中考虑,认为其是对亚里士多德以来分离史与诗的思想传统的反叛,尤其
是对科学主义历史观的反叛,也是在吸取现代结构主义语言学思想资源的
基础上对文学话语与历史话语之关系的全新阐释。他还将"文学性"问题纳
入对怀特历史诗学的讨论,提出建立历史与文学间新的互文关系。② 翟恒兴
也将怀特的理论定位为历史诗学,对怀特的故事解释和话语转义理论及其
美学、哲学思想进行研究,认为走向怀特的历史诗学意味着"走向一种艺术
实践经验本体论的诗学","一种强调想象与虚构的艺术创作的主体间性本
体论","一种本体论意义上的二维张力诗学"和"回归一种依托于微观体验
的'宏大叙事'"。翟的着眼点是从文学批评角度研究怀特历史诗学的文学
价值和意义,理由是文学批评处于文学研究的中心,且怀特历史诗学在文学
批评领域的影响超过其在历史和叙事学领域的影响力。③ 杨杰将怀特作为
新历史主义文学批评的"理论领袖",其历史书写理论作为新历史主义批评
实践的理论指导和理论"升华";以怀特的历史书写理论为中心,通过与历史
哲学、解释学、形式主义文论、知识考古学和神话—原型理论的比较进行溯
源式分析,并与文学性相联系,探讨转喻、叙事及历史的文学性和文学的历
史性的融合。④ 这三篇博士学位论文针对当时刚引发的怀特研究热潮,对怀
特的主要理论和观点进行了系统的归纳和分析,将对怀特的研究推进了一
大步。但他们的出发点仅限文学理论,关注对怀特理论的推介和评述,对怀
特历史和文学结合的具体路径和跨学科知识重构的机制未深入展开。
2006 年之后,对怀特的研究保持着稳定和深入的势头,关注点集中在怀特历
史叙事、历史阐释、历史性和新历史主义批评等主题上,也出现了多篇以怀

---

① 林庆新:《历史叙事与修辞——论海登·怀特的话语转义学》,《国外文学》,
2003 年第 4 期。
② 赵志义:《历史话语的文学性:论海登·怀特的历史诗学》,中国人民大学
2005 年博士学位论文。(知网等数据库并未收录其全文,仅存摘要。)
③ 翟恒兴:《走向历史诗学:海登·怀特的故事解释与话语转义理论研究》,浙江大
学 2006 年博士学位论文。另此博士论文于 2014 年以专著形式在浙江大学出版社出版。
④ 杨杰:《海登·怀特的历史书写理论与文学观念》,山东大学 2006 年博士学位论文。

特为题的硕士论文①。专著方面,张进在《新历史主义与历史诗学》中辟专章介绍怀特的历史诗学,并在 2013 年新作《历史诗学通论》中将怀特历史诗学界定为"元史学"历史诗学,认为怀特基于自己的理论观点为新历史主义辩护,并试图将后者纳入自己的理论体系。2010 年董馨的专著《文学性与历史性的融通——海登·怀特历史诗学研究》,顺应了国内文艺学界"文学性"论争的热潮,从文学性和历史性的融通来阐释怀特的历史诗学。该书认为怀特对历史文本"文学性"的揭示为当今西方现代学术主宰下的文艺理论挖掘其他文本中的"文学性",从而回归并提升中国传统学术中文史哲交融的境界提供了最有力的事实依据和理论支撑,并肯定怀特所发展的"文学性"观念将形成文艺学建构的新维度。董馨的探索,强调通过发掘文学性在历史学科的影响和表现寻求文学理论建构的新维度,为文艺学界展开怀特历史诗学的研究提供了与本学科结合的可行的新思路。但以"文学性"来概括怀特历史诗学的文学机制,会带来一系列问题:"文学性"在传统文学界定义中的虚构、修辞、想象等表述能否等同于怀特理论中的同类描述;"文学性"定义的模糊和本质主义倾向难以充分阐释后现代文化中多学科中出现的文学转向现象;这种后现代文学转向又是否会回归到以文学性而显露的诗性智慧的中国学术理论传统;"文学性"能否解释跨学科知识重构和历史学科的革新。这些问题预示着怀特历史诗学理论不单单是文学和历史领域文学性和历史性结合的问题,其背后的后现代学术整合和文化转向,以及学术共同体认同问题更为复杂,同样值得关注。2014 年王霞的专著《在诗与历史之间——海登·怀特历史诗学理论研究》肯定了怀特的三大理论贡献——历史诗学理论的体系化建构,"祛魅"客观历史的反思批判和跨学科研究范式,着重对怀特的历史文本主义思想和历史相对主义思想进行了辨析,在辨析纳粹大屠杀的再现问题与怀特"有边界的历史相对主义"思想等方面见解独到。其研究结合怀特历史诗学理论提出的具体学术语境,关注到怀特理论的矛盾性和复杂性,即怀特与后现代史学纠葛中的论争,借后现代主义与现

① 如张江彩:《论新历史主义文学史观》,广西师范大学 2006 年硕士学位论文;郭虹:《海登·怀特历史诗学简论》,新疆大学 2007 年硕士学位论文;祝菊贤:《历史叙事的文学维度》,西北大学 2008 年硕士学位论文;何川:《海登·怀特的转义理论研究》,北京大学 2012 年硕士学位论文;刘远:《海登·怀特历史写作理论的研究》,内蒙古大学 2013 年硕士学位论文;杨静:《史学的文学性与史观的文学性——论海登·怀特对唯物史观科学性的挑战》,昆明理工大学 2013 年硕士论文;周晋:《叙事策略与文学修辞——海登·怀特历史诗学研究》,四川师范大学 2014 年硕士论文;郭延安:《海登·怀特诗性历史哲学理论研究》,山东师范大学 2015 年硕士论文。

代主义的关联性来论证作为"最后一位现代主义者"的怀特"以后现代的方法和视野去反思和批判现代史学,从而修正和弥补现代史学的缺陷和不足"①。但其对怀特思想中的现代主义因素的说明未充分展开,论述时也局限于怀特本人回应争议的种种观点,加之怀特虽以"现代主义者"自居,但之后还是转而认同后现代主义思潮,因此对怀特学术身份定位的讨论仍有相应的空间。此外,怀特历史诗学中对转义、叙事等文学因素的强调,侧重文学话语在意义建构过程中的认识论方面对历史话语的示范作用,而非利用体现在文学作品表层的修辞和再现技巧为历史服务,所以对怀特历史诗学方法论中文学与历史互动的深层机理可以进一步考察,对史景迁(Jonathan D. Spence)等历史学家叙事史作品的解读也可以超出文字本身的文学性修辞色彩进行解读。

与文学理论界的引介几乎相差不远,怀特的理论也被文学批评界广为推崇。2001 年赵黎波和董小玉引用怀特的"元历史"理论作为对先锋历史小说和现代主义小说批评的理论支撑。② 随后,怀特的理论多被用于对中国现当代和外国历史小说和小说中历史因素的分析,也有多篇学位论文引用了怀特的观点③。文学批评中对怀特的引用,或集中于新历史主义视角对中外小说的解读,多作为文本的佐证;或以怀特的转义理论为例,将修辞理论与文化和文本结合,考察作品的话语模式,或借用怀特影像史学(historiography)的提法对影视作品的历史因素进行分析。总体来看,文学批评中对怀特的研究,缺乏总体的评介和深入的理论探讨,少见由具体文本解读生发的对怀特理论的扩展或质疑。此外,古代文学批评领域尤为少见对

---

　　① 王霞:《在诗与历史之间:海登·怀特历史诗学理论研究》,中国社会科学出版社,2014 年,第 51 页。

　　② 赵黎波:《先锋历史小说的历史观》,《河南师范大学学报(哲学社会科学版)》,2001 年第 1 期;董小玉:《试论新时期现代主义小说中的"元叙事"的根源与意义》,2001 年第 5 期。

　　③ 如翟红:《论 80 年代中国先锋小说的语言实验》,苏州大学 2004 年博士学位论文;黄河:《论新时期小说中的"文革"叙事》,苏州大学 2007 年博士学位论文;张慧敏:《新历史主义视阈中的当代历史剧》,兰州大学 2007 年硕士学位论文;宣慧敏:《传媒叙事与民族认同研究》,上海外国语大学 2009 年硕士学位论文;荆兴梅:《托妮·莫里森作品的后现代历史书写》,上海外国语大学 2012 年博士学位论文。

怀特的引用①,虽反映了传统学科规范下的知识壁垒,但也为相关研究提供了广阔的空间。

　　史学界陈新在《论历史叙述在历史学实践中的地位及功能》一文中最早引用怀特作为言辞的人工制品的历史叙述文本的说法,开始探讨历史叙述在历史学研究中的地位和功能,但并未对怀特历史诗学做深入研究。而最早的评论者——旅美历史学者邵立新,在《理论还是魔术——评海登·怀特的〈玄史学〉》一文中抨击怀特的"玄史学"只是场理论魔术表演,揭秘如何识别"严肃理论与理论魔术的方法"。他认为怀特借鉴弗莱、波普、曼海姆和转义理论,只是借跨学科的幌子吓唬史学界,兜售学术新发现;将伊格尔斯对怀特的质疑发挥成对怀特以"无中生有""指鹿为马"和"欺骗性推理"手段蒙骗读者的控诉;并排斥人文学科"语言学转折"——"将一切重要理论问题归结为语言学问题的倾向",认为与自然科学学科相比,史学等领域的学者缺乏严谨的思维习惯和对研究方法细究的精神,因为其理论与实际的脱节而易被理论魔术迷惑。邵立新对国内史学界的警示,更多地出于历史界对后现代历史学和人文学科语言学转向的本能恐惧,表露了传统历史学家对文学及其他学科知识和方法的不信任,也从侧面说明怀特历史诗学理论对历史主义观念的颠覆意义。周建漳肯定怀特"叙述主义"背景下关于纪实和虚构关系的描述,承认虚构并不等于虚假,故事历史是基于意义建构的内在需要,认为视历史为故事代表一种平视历史的祛魅眼光。② 且他在博士论文《历史及其理解和解释》中深入探讨了怀特叙述的解释,认为其是关于历史解释的论辩中胜出的理论方案和较理想的解释模式,体现了人文主义思考优于科学主义思维的特点;其文献多引用张京媛的《新历史主义与文学批评》。陈新在翻译《元史学》之后,将《元史学》的思路和逻辑归为诗性预购先于理性阐释、形式主义方法与结构主义理论框架和理论表述与叙述实践的张力,认为怀特试图对历史叙述中的诗性行为纳入认识论的范畴中进行

---

① 相关论文如章益国:《章学诚"史德"说新解》,《学术月刊》,2007 年 12 月号;章益国:《隐喻型的章学诚和转喻型的戴震》,《山东社会科学》,2012 年第 1 期;郭西安:《隐喻与转喻:诠释学视域下西汉'〈春秋〉学'的两种话语模式——以〈春秋〉之'楚庄王伐陈'为例的分析》,《中国比较文学》,2013 年第 2 期;等等。

② 周建漳:《历史与故事》,《史学理论研究》,2004 年第 2 期。

理性解释①,并从话语与比喻理论、历史真实与想象层面阐释怀特的历史哲学②。陈新的研究是国内史学界学者首次以怀特为专题进行的探索,为之后的研究深入奠定了良好的基础。史学研究中开始出现对怀特理论的深入探讨,将怀特与西方历史哲学转型相联系,并与中国史学家相比较。如彭刚认为怀特开创了"新历史哲学",标志着历史哲学的"叙事主义转向"或"修辞的转向",使人们可以从审美、伦理和认识论三个维度上对历史进行评判③;秦兰珺将章学诚与怀特历史叙事观进行比较④。韩震更深入地分析怀特"历史文本作为一种言辞结构"观点的背景、意义和去向,认为怀特将历史文本视为言辞结构希望借重语言学来解决历史叙述的基本问题,是以全面解消的态度对学科界限的跨越,也正因为如此怀特称为后现代历史学者,并肯定怀特历史叙述理论作为建构性力量为历史学的反观自省提供了契机。⑤ 值得一提的是,国内史学界开始对怀特研究进行阶段性的总结和对怀特基本观点的反思、批判。冯燕芳在综述《海登·怀特国内研究20年》中将怀特研究分为两个时期,承认史学界和哲学界对怀特的研究滞后于文学界,认为有深入研究和翻译的必要。⑥ 莫立民、周宜生接续了伊格尔斯等人对怀特的质疑,认为怀特回避历史纪撰与文学虚构的不同,其从故事性文本中得出的五种诗性规则可能以偏概全。⑦ 王志华更是提出怀特历史哲学中的内在矛盾只有在历史唯物主义的指导下才能加以认识并得到澄清。⑧ 随着怀特理论

---

① 陈新:《诗性预构与理性阐释——海登·怀特和他的〈元史学〉》,《河北学刊》,2005年第2期。

② 陈新:《历史·比喻·想象——海登·怀特历史哲学述评》,《史学理论研究》,2005年第2期。

③ 彭刚:《叙事、虚构与历史——海登·怀特与当代西方历史哲学的转型》,《历史研究》,2006年第3期。

④ 秦兰珺:《章学诚与海登·怀特历史叙事观之比较》,《史学月刊》,2006年第10期。

⑤ 韩震、刘翔:《历史文本作为一种言辞结构——海登·怀特历史叙述理论之管窥》,《社会科学战线》,2009年第5期。

⑥ 冯燕芳:《海登·怀特国内研究20年》,《史学理论研究》,2010年第1期。

⑦ 莫立民、周宜生:《海登·怀特历史诗学再思辨》,《甘肃联合大学学报(社会科学版)》,2011年第5期。

⑧ 王志华:《唯物史观与后现代史观之间的论争——以海登·怀特的历史哲学为例》,《史学理论研究》,2011年第1期。

研究的深入,对其支持者和阐释者安克斯密特的研究也得以开展。①

史学界以怀特为研究对象的学位论文情况大致如下:2010 年韩炯的博士论文《历史思考的新途径:海登·怀特历史哲学研究》从史学的角度对怀特历史哲学的形成背景、思想溯源、怀特的转义理论和历史审美观、怀特的叙事理论和价值观进行了深入探讨,是迄今对怀特史学理论最详细和全面的研究。韩将怀特史学思想的理论表现形态概括为叙事主义历史哲学,认为在其研究的不同时期理论侧重点分别表现为转义、文本和叙事,呈现出作为修辞的历史、作为文本的历史和作为叙事的历史的不同风貌。通过对怀特叙事主义历史哲学中体现的史学基本问题的探讨,韩炯解释了怀特历史理论的内涵,纠正和讨论了之前关于怀特争议中的许多误解,阐明怀特历史哲学对现代史学研究的意义。2011 年王镇富的博士论文《影像史学研究》,将怀特在论文 *Historiography and Historiophoty* 中提出的"historiography"作为影像史学的诞生,探讨了怀特对影像史学的定义和影视作品与史学著作作为载体的相通性,并肯定了影像史学作为崭新历史表述方式和新兴学科的重要意义,认为其开辟了历史研究新的诠释途径。此外还有 4 篇相关硕士学位论文②面世。纵观史学界的研究,多从历史本体论角度,以基本史学问题为参照,将怀特视为 20 世纪历史学科语言学转向和叙事转向(或文化转向)的关键人物,对其跨学科的研究路径或拥护或质疑。但有意思的是,怀特历史编纂学的思想影响了整个历史学科的理论范式转换,却仍难以贯彻到历史学家的写作实践中。

综上,国内外史学界和文学界对怀特历史理论的研究关注的侧重点有所不同,展开的层面和深入的程度也有差距,但都认同其在历史、文学、哲学等学科知识重构中的跨学科贡献和后现代主义倾向。出于学科规范的考量,史学界和文学界分别从各自视角对怀特进行解读,对怀特思想涉及的文化史和学术史进程仅作为背景,缺乏以怀特历史诗学为契机对后现代文化和学科机制的深入考察,存在一定的理论空白。这就为本研究提供了空间。

---

① 如董立河:《从"叙事"到"在场"——论安克施密特史学理论嬗变及其意义》,《江海学刊》,2010 年第 3 期;彭刚:《安克施密特与西方史学理论的新趋向》,《史学理论研究》,2011 年第 3 期;张云波:《安克施密特论语言与崇高历史经验的关系》,《史学理论研究》,2011 年第 3 期。

② 侯星丽:《解读历史哲学的语言学转向》,东北师范大学 2007 年硕士学位论文;田兴斌:《海登·怀特的后现代历史编纂学》,山东大学 2008 年硕士学位论文;刘峰:《历史叙事与历史真实》,兰州大学 2009 年硕士学位论文;刘远:《海登·怀特历史写作理论的研究》,内蒙古大学 2013 年硕士学位论文。

二、海登·怀特历史诗学的重新定位

2015 年的美国历史学会(AHA)第 129 届年会的主题为《历史学与其他学科》。美国历史学会主席简·戈尔德施泰因(Jan E. Goldstein)和组委会成员共同阐释了这一主题的意义:

任何学科都不是一座孤岛。在过去的百年间,我们研究、书写和教授历史的方式发生了显著的变化,通常源自其他学科的影响。两次世界大战之间,一些法国历史学家与地理学家的邂逅成就了年鉴学派。从那时起,社会史与经济学、人口统计学和人类学长期保持着密切的对话。思想史一直和政治理论、哲学相连;政治史则与政治科学相关。1980 年代,文学理论、文化人类学和精神分析丰富了新文化史。生态学为环境史提供了灵感。当今的一些史学家从神经科学、遗传学和考古学中寻求支持以重铸人类的千年史。相关例子仍在延续。同时,计算机科学和新技术继续革新我们对材料和文本数据的收集、阅读和阐释模式。①

戈尔德施泰因等人追溯了历史学科跨学科研究的历史,肯定了历史和其他学科间的互动不仅已经构成学科创新的来源,还成为历史研究职业的日常特征。当然,跨学科方法对历史这门传统学科的冲击也导致许多历史学家的质疑和反对。一些批评者质疑跨学科路径给历史学家强加了不适当的标准和方法,破坏了原有认识论的可靠性;另一些批评者则指责跨学科模式的应用过于简化,掩盖了其最令人振奋的那些设想。② 以"历史与其他学科"为主题,反映了相对保守的美国历史学会已经接受跨学科知识和方法对史学研究模式的重构作用,历史学科自身也已经内化了来自其他学科的种种理论范式。然而,戈尔德施泰因等人提到受社会科学影响的年鉴学派、社会史和政治史,受人文学科影响的新文化史和思想史,受自然科学影响的环境史等专门史的变革,很大程度上是站在学科内部的立场上从方法论角度来考虑跨学科研究范式的意义。即便如此,针对其他学科模式的争议一

---

① Goldstein, Jan E., Trivellato, Francesca & Sartori, Andrew S.. "'History and the Other Diciplines': The Theme of the 129ᵗʰ Annual Meeting." http://historians.org/publications－and－directories/perspectives－on－history/september－2013/history－and－the－other-disciplines.

② Goldstein, Jan E., Trivellato, Francesca & Sartori, Andrew S., Ibid.

直难以平息。

　　历史学科具体门类研究对跨学科视角的方法论革新尚且充满争议,那么,史学史或历史哲学相关的研究,从跨学科知识重构角度对历史研究背后所蕴含的认识论、方法论和本体论方面深层原因的探讨,更是在学科内部引发了极大的争议。怀特的历史诗学即一例。以诗学阐释历史,怀特之前也有先例,但怀特理论的独特之处在于:第一,他体系化的历史转义理论、叙事理论重新探索了历史学家、历史哲学家,甚或其他作家和人文学者共同的历史认知框架,以多元主义的接受态度打通了人文学科和社会科学间的壁垒;第二,他的理论以历史文本为中心,将历史话语视为类似文学话语的建构性的再现方式,不仅对本体论意义上的历史存在和客观再现模式构成了挑战,而且动摇了19世纪历史学科形成以来的实证主义知识基础;第三,他以当时文学研究中已略显过时的形式主义、结构主义方法介入历史编纂学,将自己的研究纲领视为现代主义的,其历史观也类同于"源自浪漫主义的崇高美学"①,却引发了被视为后现代史学特征的语言学转向和叙事转向,造成了史学界对后现代主义史观接受方面的广泛的论争。这一切都与怀特对文学因素的独特借用相关:转义、叙事、虚构、想象等文学特征事实上以理论的形式介入历史话语的建构过程,使历史文本乃至历史本身作为文学制品而存在,而并不局限于强调从叙事史作品的语言修辞色彩来讨论文学对历史的作用。

　　怀特的历史诗学理论与20世纪60年代以来后现代主义文化思潮密切相关。其相关思想发端于60年代大变革的总体社会背景:高等教育大众化为工人阶级出身的怀特提供了更好的教育机会,作为学界新力量的他积极参与相关课程和教学改革,加之历史学家在两次世界大战预测和阐释中的失利而导致对自身学科存在正当性的反思,促使像怀特这样的历史工作者开始对传统科学史观的学科规范产生怀疑,并由此质疑基础的现代以来的学科观念——真理、客观性和知识的权威等。这些思想与反基础主义、反本质主义、反理性主义的后现代哲学立场相近,跨学科研究路径的选取则迎合了后现代主义跨越边界、填平鸿沟的去分化主张,也因此带来了固守史学传统学科阵地的其他学者对怀特持续而猛烈的攻击和批判。关于怀特后现代主义立场的争议,不如说是持现代学科观念的史学家群体对20世纪60年代

---

　　① 埃娃·多曼斯卡:《邂逅:后现代主义之后的历史哲学》,彭刚译,北京大学出版社,2007年,第31页。

以来迅猛发展的后现代主义文化的接受问题。所以,我们对怀特历史诗学的探讨,尝试从跨学科研究的角度重新定位其理论意义,不仅对怀特理论中历史和诗学学科互涉的内在机制予以分析,还将历史和文学两种维度置于后现代主义文化变革的背景中进行考量。

（一）研究思路

具体到本研究的论述架构,我们拟从跨学科知识重构的角度来重申怀特历史诗学理论的意义。这种选择,主要是考虑到怀特历史诗学跨学科的理论品格,以及怀特本人在历史和文学两个学科阵营中的不同境遇——虽有很多赞成后现代史学观的史学家的支持,但更多的争议一直围绕着他;与他在历史学科广受攻讦的状况大相径庭的是文学批评者对怀特的大力推崇。他的历史诗学理论和他被学术共同体的接受情况足以作为一种后现代主义学术和文化现象,或20世纪60年代以来人文社会科学演化的趋势来予以解读。当然,解读涉及的内容仍是有限制的,我们将讨论怀特以文学介入历史编纂学的学科互涉理论机理,及其理论代表的"文学转向"对文学学科和人文社会科学研究的意义。

首先,借"学术后现代"的概念来描述后现代主义影响下的学科互涉和学科变革状况。我们在辛普森的概念基础上,进一步将"学术后现代"界定为学术界人文社会科学后现代转向中的学科互涉状况,认为文学转向是其最突出的表现。

"学科互涉"（interdisciplinarity）,用皮亚杰在《跨学科关系的认识论》中的定义,指向"在相同科学中的各学科或者不同领域之间的相互合作,形成实质性的互动与交换,使得相互之间得到发展与丰富,具有互惠性",涉及认识论和技术性两个方面的问题。[①] 美国国家科学院等单位相关报告更详细地将其研究界定为"团队或者个体的一种研究模式,整合来自两门或者两门以上的学科或专门知识体系中的信息、数据、技术、工具、视角、概念和/或理论,以提高基本认识或者解决某一学科或研究领域内所不能解决的问题"[②]。根据克莱恩的界定,学科互涉与跨学科研究中常见的多学科

① 周朝成:《当代大学中的跨学科研究》,中国社会科学出版社,2009年,第31页。周在此书中将 interdisciplinary 译为"跨学科",但出于中文中跨学科词义的宽泛性,在下文中采取姜智芹、蒋逸民等人的译法"学科互涉",认为此术语更能体现此类知识生产过程中学科间的互动与边界渗透现象。

② 周朝成:《当代大学中的跨学科研究》,中国社会科学出版社,2009年,第34页。

（multidisciplinarity）、超学科（transdisciplinarity）、交叉学科（cross-disciplinarity）等表述①不同，更强调学科间知识的整合和重构，致力于新观点、方法和新理论的建构。尤其倾向于对学科原知识结构的批评性反思和转向学科外部驱动标准的"认识论漂移"现象，具有以问题解决、多元论和批评为导向参与知识生产的特征。② 怀特历史诗学的文学和历史学科边界渗透的研究路径，恰恰就是"学科互涉"的表现。其所代表的文学转向，寻求的是本学科理论的新建构，表露出多元主义的态度和对学科认识传统的批判。这种跨学科的路径，也不是简单借鉴文学方法，所采用的虚构、叙事、修辞等已超出了传统文学学科中的"文学性"（literariness）范畴，具有认知、审美和伦理层面的大文学观表现。因此，属于纵深层面学科互融、理论革新的学科互涉现象。

其次，怀特历史诗学研究涉及历史和文学两个学科的知识建构和转换进程，也与学科内部从业者对其他学科知识及对跨学科研究的同行的群体认同相关。这里，我们借用托马斯·库恩（Thomas Kuhn）科学史研究中的

---

① 跨学科研究中常见的其他分类有：多学科（mulitidisciplinary）指学科的并置，各学科仍保持其独立性，如通过平行的多学科知识合作解决某一问题；超学科（transdisciplinary）指通过大一统的综合超越狭隘学科视阈建立的一系列定理、规则的共同制度，如不同学科的专家学者以全局性方式统筹整个研究过程，从而产生相同的价值和文化，常见于校校合作、校企合作、官产学合作等方式。"multidisciplinary"，"interdisciplinarity"和"transdisciplinarity"最早也是现在公认的说法是由经合组织（OECD）在1972年跨学科活动的研讨会会议集中确立。（见 Frodeman, Robert, Klein, Julie Thompson & Holbrook, J. Britt. Eds. *The Oxford Handbook of Interdisciplinarity*. New York: Oxford University Press, 2010: 15-24. ）

② 朱丽·汤普森·克莱恩:《跨越边界——知识 学科 学科互涉》，姜智芹译，南京大学出版社，2005年，第14-20页。

"范式"（paradigm）①概念来指代文学和历史学科自身的研究模式和基本价值取向，以"范式转换"②来探讨怀特历史诗学理论之后史学研究新的发展途径及其变革的复杂表现，以及其跨学科研究模式对后理论时代的文学学科理论革新的启示。在此想说明的是：选择库恩的范式等概念并不是简单的类比，而是考虑到库恩科学史观念的语言学思想来源和人文阐释方法，乃至其观念中包含的后现代主义倾向，都与怀特历史诗学理论的构成有异曲同工之处。

最后，需要说明的是本书章节论述内容的选择问题。从怀特本人著作特点上看，他仅出版《元史学》一部专著，其他著作都是论文合集和访谈、评论，特别是他几乎不停地在单篇论文中与反对意见论战，涉及的很多内容有重复和模糊的地方。但其主要历史诗学观点——转义理论、叙事理论等是贯彻始终的，而经过充分论述之后这些历史诗学观念又非常分散。考虑到这种情况，我们以"学术后现代"中的学科互涉机制为视角和框架，根据怀特历史诗学与文学转向及学科变革的相关性选取具体的理论内容，并非对怀特思想进行历史的梳理和整体的阐释。每一章节都围绕学术后现代的一个论题，具体分析怀特历史诗学的理论表现及其与各个论题间的关系，在最后的一节中进行总结和延伸。在与怀特相关的诸多学术论争中，我们选择较

---

① 库恩的"范式"（paradigm）概念包含：①符号概括，即形式化或能用文字表述的共同规定符号，如公式；②范式的形而上学部分，是共同体成员共同承诺的信念，如模式；③价值，是部分从经验中获得并随经验转化的关于本学科规则的基本判断，如精确性、广泛性、一致性等；④范例，即能够提供给共同体以更精细结构的问题解答，如专业期刊、教科书中的答疑。其中，价值更能为不同的共同体所广泛共有，对凝聚共同体的意识起到了很大作用，而且当面临危机需要再次选择研究方式时价值的作用愈发重要。（见托马斯·库恩：《科学革命的结构》，金吾伦、胡新和，译，北京大学出版社，2003 年，第 164–168 页；托马斯·库恩：《必要的张力——科学的传统和变革论文选》，范岱年、纪树立，等译，北京大学出版社，2004 年，第 330 页。）我国学者周宪在论述文学理论演变逻辑时，采用了范式概念，并认为范式的核心在于形而上学和价值观，其制约着符号概括和研究范例。（见周宪：《文学理论范式：现代和后现代的转换》，《南京社会科学》，2012 年第 1 期。）本书也主要将范例的内涵限制在范式的形而上学部分和价值方面，认同这两者更符合人文学科的研究实际。

② 库恩将科学革命的结构归为从前科学到常规科学，发生反常产生危机，导致科学革命并直至新常规科学的进程。认为范式转换是科学革命的重要原因之一，可以用来解释科学发展中的动态状况和机理（见托马斯·库恩：《科学革命的结构》，金吾伦、胡新和译，北京大学出版社，2003 年）。此观点更多为社会科学等领域学者借用，用以阐释其学科理论发展演变的规律。

为集中而又为之前研究者所忽视的问题,以及当前怀特研究的新发现和以往研究中的误读予以关注。

研究中,仍有两个问题需要预先厘清:首先是对历史学科及历史研究的多种指称的基本定义问题,即本书中主要涉及的历史(history)、历史编纂学(historiography)和历史哲学(the philosophy of history)概念。其划分关系到怀特学科身份的定位问题,也是对怀特研究领域及论述范围予以初步界定,避免出现不同层面上的阐释和误读。其次是怀特本人学术身份的归属问题,一方面包括其学科身份,主要根据历史研究中他从事的学科门类或普遍共识描述并评价他作为历史学家、历史编纂学家和历史哲学家的不同表现;另一方面从学术文化因素上探讨怀特位于现代主义者和后现代主义者之间的身份归属。

历史(history)一词,一般认为有两种含义:既可以是过去发生之事,同时又代表对过去之事的记述和研究,即史学。前者——历史1指历史学家的探究对象,后者——历史2则直接意指相关研究活动。实际使用中大多不被详细区分,但"对于实践历史学家则不同,他在研究历史1,同时怀有对其进行记载和编撰的目的,即历史2"[①]。

历史编纂学(historiography)的意义现在相对比较复杂:它涵盖了历史证据的搜集、历史资料的编辑、历史观念的实践、对历史写作的评论及历史哲学等多方面内容,但并不简单等同于其中任一因素[②]。总体上,它指对历史学家方法和实践的研究,可分为三类:一是对历史事件的研究,等同于史学(即上文中的历史2,也是通常学科意义上使用较多的意项);二是对历史书写和研究的历史进行探讨的学问,即史学史(使用中,刻意区分时,其常作history of historiography);三是更侧重对历史理论,尤其是历史研究方法论的研究。

历史哲学(philosophy of history),概括的说是关于历史的哲学思考和一种历史的理论,接近哲学的历史(philosophical history)、历史的哲学(historical philosophy)、历史的元理论(metatheory of history)、理论化的历史(theoretical

---

① Atkinson, R. F.. *Knowledge and Explanation in History: An Introduction to the Philosophy of History*. London and Basingstoke: The Macmillan Press, 1978: 10.

② Sills, David L.. Ed. *International Encyclopedia of the Social Sciences Volume* 6. New York: The Macmillan Company & The Free Press, 1968: 368.

history)、历史的逻辑(logic of history)和元历史(meta-history)等概念的含义。[1] 由于历史哲学缘起于哲学和历史之间,其主题经哲学家最早[2]也最集中地提出,它总是作为哲学的派生理论和分支学科而出现,也因其形而上学的思辨因素广受职业历史学家排斥,甚至被批为"没有血肉的范畴在跳一场鬼魂芭蕾舞"[3]。关于历史哲学的类别,最通行的说法是沃尔什在《历史哲学导论》中的划分——思辨的(实质的)历史哲学和分析的(批判的)历史哲学。思辨的历史哲学试图阐明历史过程的整体性意义,表达历史事件"真正的"意义和"本质的"合理性。从康德、赫尔德、黑格尔、孔德、马克思到斯宾格勒和汤因比,都致力于这种对历史本体整体性规律的思辨性追寻,他们的作品中常贯穿着目的论的、形而上学的和预言的特征。而分析的历史哲学则从历史认识论角度,通过对认识的性质和方法及认识能力的分析,理清历史科学如何成为可能,从而确定历史知识的逻辑的认识论和价值论的条件。1883年,从狄尔泰"历史理性批判"等概念和思想中孕育了批判的历史哲学,其后此类哲学的研究者主要包括克罗齐、柯林伍德等唯心主义派别(人本主义阵营)和逻辑实证主义者之类的分析哲学家(科学主义阵营),如亨普尔、加利、丹图、摩根·怀特等。从历史哲学的学科根源来认识,思辨的历史哲学和分析的历史哲学间的分歧实际上仍从属于大陆哲学和英美哲学体系的差异,仅限于近现代哲学研究范式的转换,外在于历史编纂学的实践。另外,沃尔什的分法近年来遭到了挑战,其中最突出的就是以怀特为代表的叙事主义历史哲学的兴起。尽管同样从认识论和方法论角度介入,叙事主义

---

① Tucker, Aviezer. Ed. *A Companion to the Philosophy of History and Historiography*. West Sussex:John Wiley & Sons,2011:26-7.

② 历史哲学思想的起源一般认为应归于意大利哲学家维柯在《新科学》(1725年出版)中的论述,更远也有追溯到圣·奥古斯丁的《上帝之城》,而"历史哲学"概念的提出则是伏尔泰1765年以此命名《风俗论》的序言部分。另沃尔什认为历史哲学作为单独学科首次得到承认是在1784年赫尔德的《哲学的人类历史观念》第一部分出版到黑格尔遗著《历史哲学讲演录》1837年刊行之间的时期(见沃尔什:《历史哲学　导论》,何兆武、张文杰译,广西师范大学出版社,2001年,第3页)。

③ 沃尔什:《历史哲学　导论》,何兆武、张文杰译,广西师范大学出版社,2001年,第147页。

历史哲学家开辟了不同于分析的历史哲学的第三条路径①,从历史编纂学的观点重新对历史研究者的叙述文本的语言学、修辞学特征进行系统的历史阐释,从而使历史哲学摆脱了人本主义与实证主义近30年论争导致的认识论传统的混乱状态。

关于怀特的学科身份,从其研究历程来看,怀特兼具历史学家、历史编纂学家和历史哲学家三种身份。其学术生涯早期,怀特从事中世纪思想史研究,即具体的历史(history)研究,他作为实践历史学家(或职业历史学家)毋庸置疑。但怀特真正能为人所熟知并非源自其对以过去事件面目出现的历史本体的研究,而是从他发表《历史的重负》和《元史学》开始。此时,他逐渐将学术兴趣集中到通过对19世纪历史学家和历史哲学家作品的分析而探讨关于历史写作的理论之中,其研究主题一方面涵盖历史编纂学中史学史(history of historiography)和历史理论(historical theory)两领域,另一方面又由于他从文本和文学修辞方式入手考察历史叙事背后的深层逻辑,这一路径重新回到历史编纂学(historiography)原初修辞学的含义上——"历史撰写"的技艺(拉丁文为historia),侧重以语言、修辞出现的"书面文本的类型概念,即带着事实性要求来描绘过去"②。怀特的研究实际上改写了历史编纂学的走向,文本、转义等因素的强调导致激进的后现代主义史学家将历史当作话语——一种语言游戏,詹金斯甚至将关于过去的历史研究视为历史编纂学研究(a study of historiography),直接用historiography取代history一词。③ 但总的来说,怀特是历史哲学家中较为独特的一员,其准确的研究对象是历史编纂学的哲学(philosophy of historiography),而非历史哲学(philosophy of history)。怀特也曾申明自己不是哲学家,不是阿瑟·丹图那

① 安克斯密特于1986年最早提出叙事主义历史哲学作为英美历史哲学的另一种路径取代思辨的历史哲学和分析的历史哲学,以及将怀特归入叙事主义历史哲学的开创者(见安克施密特:《当代盎格鲁——撒克逊历史哲学的悖论》,《历史与转义:隐喻的兴衰》,韩震译,文津出版社,2005年,第51-91页;Ankersmit, F. R.. "The Dilemma of Contemporary Anglo-Saxon Philosophy of History." *History and Theory*. 25.4(1986):1-27.)。但中国学界又有不同的说法:杨耕和张立波在后现代历史哲学译丛的总序"历史哲学:从缘起到后现代"中认为马克思主义的历史哲学超越思辨的和分析的历史哲学,构成现代历史哲学"三足鼎立"的重要一维(见Burns R. M.和Pickard, H. R.:《历史哲学:从启蒙到后现代性》,张羽佳译,北京师范大学出版社,2009年,第11页)。

② 斯特凡·约尔丹:《历史科学基本概念辞典》,孟钟捷译,北京大学出版社,2012年,第126页。

③ Jenkins, Keith. *Re-thinking History*, New York:Routledge,2003:14,42.

种分析哲学家,尽管没有进入哲学界,他探讨的问题仍是和维柯、克罗齐等历史哲学家关注的一样。① 此外,虽然他与安克斯密特同属叙事主义历史哲学家阵营,但因其研究对象并非历史本体而是历史学家、历史哲学家著述背后的知识、思维模式,解决的是因认识论冲突造成的观念分裂,他的角色更类同于知识社会学家,这从另一方面说明了他由最早最系统研究历史编纂学的哲学(含历史理论)成名的独特学术路径,也从侧面反映出其身份定位之复杂,并可提供对历史学界质疑怀特脱离历史本体研究的一种解释。

在对怀特学术身份的讨论中,怀特一直被视为后现代主义阵营中后现代历史哲学的代表人物,但他曾经强调自己并不是后现代主义者,赞同琳达·哈琴对于他是现代主义者的看法,认为自己的研究纲领、思想形成和发展是在现代主义文化内部发生的②。我们认为这种悖论的出现有可能是怀特回避美国学界对后现代主义误解(后现代主义被认为是对历史的否定、相对主义、虚无主义;后现代主义者被污名化)的一种策略,然而从怀特著述中的后结构主义、建构主义、多元主义、文本主义和语境主义等表现以及人们对怀特理论的接受状况来考察,怀特的思想仍应属于后现代主义一脉。只不过,确实像怀特本人所说的,其思想源头始于现代主义,其采取的历史意义的文学(人文)阐释途径和他并未完全摒弃历史实在的温和立场不同于以德里达为代表的后现代主义者。这里,借波林·罗斯诺对后现代主义形式的划分可能更适当地解释怀特在后现代思潮中的角色问题。罗斯诺的看法是主要有两种后现代主义者——怀疑论的后现代主义者和肯定论的后现代主义者。③ 前一种人受大陆哲学家(尤其是海德格尔和尼采)的启发持悲观、消极和沮丧的立场,主张后现代时代是一个片段、解体、抑郁不安、无意义、含糊不清的时代,甚至是一个缺乏道德准则、社会秩序紊乱的时代,声称真

---

① 埃娃·多曼斯卡:《邂逅:后现代主义之后的历史哲学》,彭刚译,北京大学出版社,2007年,第32页。

② 埃娃·多曼斯卡:《邂逅:后现代主义之后的历史哲学》,彭刚译,北京大学出版社,2007年,第31页。

③ 怀疑论的后现代主义者和肯定论的后现代主义者的划分,关系到对复杂的后现代主义思想的认识问题。这也是史学界对怀特历史观归属产生争议及误解的原因之一,他们对德里达等人代表的后现代主义思想的恐惧普遍存在于人文和社会科学领域。但也有学者认识到怀特历史理论不同于极端后现代思想之处,如彭刚将怀特的叙事主义史学研究归为狭义的后现代主义史学理论,区别于福柯、利奥塔及后殖民主义和女权主义史学为代表被后现代思潮裹挟的广义的后现代主义史学理论(见彭刚:《对叙事主义史学理论的几点辨析》,《史学理论研究》,2010年第1期)。

绪论 027

理已经不存在,留下的只有语词和意义的游戏。而后一种肯定论者受益格鲁-北美文化的熏陶持有一种更有希望和更乐观的观点,视真理为个人的和特定团体的,却未完全抛弃理性,以建构主义和语境主义理解实在,并具有积极的价值取向和特定的常规目标,方法论上更依赖情绪、直观和想象力。①怀特的例子更符合知识和认识观念上肯定论的后现代主义者的描述,他以知识的阐释者的角色和折中的态度重新定义了作为话语效果的真理,试图以文学观念(修辞、想象、虚构等)改造历史研究传统的认识论和方法论,而非破坏历史学科的自治。因此,将怀特看作肯定论的后现代主义者就可以对关于其身份的悖论做出解释,对认识下文中怀特历史诗学的溯源和其人文主义思想,理解他被不同学术共同体接受的程度及其原因具有一定的意义。

(二)框架结构

绪论中介绍选题的研究现状与文献综述、怀特历史诗学研究中的学术后现代的视角。

主体部分分四章。第一章针对学术后现代与怀特历史诗学的缘起进行说明。首先,在辛普森相关概念的基础上,进一步将"学术后现代"界定为学术界人文社会科学后现代转向中的学科互涉状况,认为文学转向是其最突出的表现。从学科史溯源来看,学术后现代的出现属于"两种文化"(科学文化和文学文化)争论的延续,而从认识论上看则是语言学转向引发的成果;其次,怀特历史诗学理论的提出与学术后现代产生的原因相同:出于对客观史学和分析历史哲学中科学主义研究模式的反拨目的,其诉诸历史话语中的修辞、叙事等文学因素,是一种历史认识方面的语言学路径。

第二章具体分析怀特历史哲学中的文学理论和方法,阐明其理论所代表的文学转向中的文学机理及意义。在怀特的叙事理论的推动下,叙事主义历史哲学取代思辨历史哲学和分析历史哲学,代表了"叙事转向"在人文社会科学领域的展开。其修辞理论以转义机制为中心,代表了历史编纂学的修辞转向。怀特历史诗学代表的"文学转向"提供了对"诗史之辨"问题思考的新的角度,可以更好地理解文学机制在学科互涉中的内在机理,并理解以此为标志的人文社会科学领域的语言学转向和后现代转向的意义。

第三章关注怀特历史诗学的再现观影响下的历史编纂学实践以及历史

---

① 波林·罗斯诺:《后现代主义与社会科学》,张国清译,上海译文出版社,1998年,第18—32页。

学科范式的变革。受怀特影响的史学实践主要有新文化史与叙事复兴,以及影视史学的开展。它们在再现类型中属于怀特理论中的"实践的过去",与职业历史学家的"历史的过去"相对立。其分别从表现手法、主题和再现媒介等多方面撼动了现代史学范式基础上的历史研究传统,开辟了史学范式转换的新的可能性。

结语部分从学科互涉角度评述怀特历史诗学的独特意义,以及受跨学科路径影响的历史诗学理论的缺陷问题。并讨论怀特历史诗学代表的人文社会科学整体性文学转向和后现代转向的意义。有文学理论家以"理论中的文学"来解释这一现象,但不能概括其背后的学科互涉机制和学术界后现代文化的接受。因此,重新转向"学术后现代"视野,会为理解怀特历史诗学以及后理论时代的文学研究提供另一种思路。

第一章 | 海登·怀特历史诗学的缘起

怀特历史诗学提出和发展的时间,正处于学术界从现代主义向后现代主义的转折时期,因此无法摆脱后现代氛围的影响。尽管怀特本人最初否认自己是后现代主义者,他的史学思想和理论却无可避免地将读者和人文学科本身引入后现代的视域中。其历史诗学直面现代知识范式基础上的历史主义危机,把文学修辞(隐喻、转喻、提喻和反讽)和小说情节结构(浪漫剧、悲剧、喜剧和讽刺剧)运用到历史哲学和历史研究作品的分析中,将叙事、虚构、想象、阐释和文体等概念引入标榜科学性和客观性的史学领域,并结合文本和话语理论从方法论上破除了客观主义那"高尚的梦想"之类的史学迷思。将诗学引入历史,革新史学研究范式,恰好顺应了学术界后现代知识转型和重构的趋势,开创了跨学科理论深度整合的范例,为弥漫在多个人文学科和社会科学中的后现代知识危机或后现代学科危机提供了另一种思考途径。怀特历史诗学正是在这种意义上显现它在后现代学科体制和文化中的价值,而其所展示的后现代主义思潮中的学科知识互涉和学术亚文化现象可以用大卫·辛普森(David Simpson)的"学术后现代"(The Academic Postmodern)来概括。

学术后现代,能较好地反映后现代主义影响下的学科互涉和学科变革状况,尤其因为其由文学理论家提出,针对的是文学的跨学科范式转换,对理解怀特历史诗学具有明确的指导意义。我们在辛普森概念的基础上,将"学术后现代"进一步引申为学术界人文社会科学后现代转向中的学科互涉状况,认为文学转向是其最突出的表现。这种状况的出现,是 20 世纪 60 年代以来"语言学转向"和"两种文化"(科学文化和人文文化)共同作用的结果。在人文社科领域,科学主义的知识模式自 19 世纪以来备受推崇,但随着客观主义神话的逐渐破灭以及新知识阶层多元学术诉求的出现,尤其是受索绪尔结构主义语言学为代表的语言学转向的影响,传统客观主义认识论的基础发生了动摇,语言进入研究的视野。学界开始认识到:"意义不仅是某种以语言'表达'或者'反映'的东西:意义其实是被语言创造出来的。"①
对语言的重新发现,直接表现在人们开始反思人文社会科学研究中的话语
模式,或重视文本、修辞、叙事等以往被当作文学因素的话语形式和偶然性、
模糊性及特殊性等客观性之外的"文学"价值,或采用文学批评及广义上认
为属于文学领域的"理论"从方法论上重构学科范式。同时,文学的人文意
义也被刻意引入社会科学研究,以缓解科学文化导致的价值危机和教育弊
病。文学,成为对抗科学主义认识论、方法论和价值观的工具;文学,同时也
成为后现代文化的代名词。

　　具体到怀特历史诗学形成的语境,怀特正是在索绪尔、雅各布森和巴特
语言学模式的影响下主动转向话语分析,但与受语言哲学转向影响的分析
的历史哲学路径不同,他积极倡导或呼吁的是历史研究的文学维度。历史
究竟是科学还是文学? 这一古老的话题在《历史的负担》一文中得到激进的
回应,并在《元史学》一书中的阐释中得以扩展,由此开创了历史诗学的理
论。文学,在其理论中既是对亨普尔科学史的"覆盖率"模式的反叛,又是对
叙事、转义、虚构、想象等前学科话语形式的新的回归。从此,历史编纂学特
别是在怀特历史诗学的影响下开始了自身的语言学转向,并开始走向后现
代主义史学。

第一节　学科史中的"两种文化"

一、西方的知识生成过程与学科分化

　　西方知识的传统往往追溯至古希腊时期以柏拉图、亚里士多德等哲学
家对世界的认识。他们的知识观代表了古代人类对自然世界整体图景的想
象,所有的自然知识、社会知识和思维知识都囊括在"爱智慧"为名的知识总
汇的哲学中。亚里士多德最早对知识进行分门别类:知识包括实践的、制造
的和理论的三类。实践的知识主要包括伦理和政治,是关于人的活动的。
制造的知识相当于有关技艺的实用性知识,如诗人、戏剧家的文学艺术。理
论知识则又分为自然哲学、数学和神学:自然哲学讨论物理世界最一般的范

---

　　① 伊格尔顿:《二十世纪西方文学理论》,伍晓明译,陕西师范大学出版社,1986 年,
第 76 页。

畴和规律,研究"那些运动的却不能和质料分离的本体(即具体事物)",包括广义的物理学、宇宙论、心理学和认识论及动物学思想;数学研究"那些不运动的却又是在质料之中不和质料分离的本体(即数),接近近代几何学论证的基础;而神学—形而上学哲学思想,则被誉为"第一哲学",研究"那些自身并不运动而又可以和质料分离的(就是抽象的)本体"。① 在亚里士多德的分类中,理论知识由观察和沉思获得,可申明普遍有效性的科学"理论",与实践取向的知识和技艺与艺术取向的知识有显著不同。之后的斯多葛学派将知识结构界定为逻辑学、物理学和伦理学。在借鉴亚里士多德和斯多葛学派知识分类的基础上,与中世纪"自由艺术"(artes liberals)观念融合,组成了被认为是知识综合体系的"七艺"——语法学、修辞学、逻辑学、算数、几何、音乐和天文学。②

近代科学思想的先驱培根分别在三种感官——记忆、想象和理性的基础上将知识归为史学、诗学和哲学。史学被认为是科学的基础,包含自然史和公民史;诗学包括叙事诗和史诗。而哲学或科学分为神学和自然哲学,自然哲学含关于人的公民哲学和人性哲学,关于自然的思辨的自然和操作的自然,以及关于上帝的自然神学。③ 对于培根,"分类的根本原则是获得知识的各类方法而不是现代学科按主题排序的路径",这样导致了知识分化的等级化差异,数学和哲学被置顶。④ 这种等级化的知识分类并没有影响到当时大学科系的设置。在中世纪建立的大学中,哲学的地位仍处于医学、法律和神学之下,学生们学习的兴趣集中在单一科学类别。

16 世纪,哥白尼的日心说理论引发了近代科学的革命,促使天文学、物理学和数学等知识门类从神学中分化出来,开辟了学科分化的道路。17 世纪下半叶到 19 世纪,现代科学迅猛发展,自然科学更是纷纷从哲学中独立,学科分化的趋势加强。随着牛顿经典力学解释模式的广为接受,科学家们信奉其物理学理论的普遍适用性,力图在细节上补充验证牛顿式的理论图

---

① 汪子嵩,范明生,陈村富,姚介厚:《希腊哲学史(修订本)第三卷》,人民出版社,2014 年,第 71-74 页。

② Frodeman, Robert, Klein, Julie Thompson, and Mitchan, Carl. *The Oxford Handbook of Interdisciplinarity*. New York:Oxford University Press,2010:3.

③ 李醒民:《论科学的分类》,《武汉理工大学学报(社会科学版)》,2008 年第 2 期,第 150 页。

④ Frodeman, Robert, Klein, Julie Thompson, and Mitchan, Carl. *The Oxford Handbook of Interdisciplinarity*. New York:Oxford University Press,2010:4.

景。化学、光学、能源、热力学和电磁学等领域的研究随即展开,学科体系开始细化,专业学会、研究机构和学术期刊的出现又有力促进了现代学科体系的完善。科学实力的增强打破了神学的崇高地位,哲学也不再被视作包容所有学科门类的高级知识形式。到 19 世纪时,专业化的"科学"取代了自然哲学观念,"科学家"一词才被创造出来。当时,孔德已经在《实证哲学教程》中把科学分为数学、天文学、物理学、化学、生物学和社会学,新加入的社会学也是参照当时流行的物理学方法建立自身实证科学的合理性。在 18、19世纪自然科学的巨大成就(尤其是能量转化定律、细胞学说和进化论三大发现)的鼓舞下,加之工业化进程及技术进步的推动,人们对科学主义普遍抱有好感,认为同样的模式可以运用到社会领域。人文社会科学知识随之开始了科学导向的学科分化进程,经济学、政治学、社会学、人类学、史学等社会科学的主要学科体系得以确立。甚至影响到文学创作的批判现实主义思潮,孔德实证主义、泰勒的三要素(种族、环境、时代)决定文学论以及空想社会主义等社会科学和实验自然科学方法和进化论等科学因素被人文学者吸收,作家冷静、客观地观察和描绘社会现实,侧重细节描写的真实和时代、人物性格的典型性,借镜式反映刻画现实的本质属性。文学和文学学科的雏形,也是 19 世纪始在大学系统中逐渐奠定的。1800 年,斯达尔夫人发表《论文学与社会建制的关系》,从此"文学"概念与想象性的作品相连。然而,在英国开展英语语言文学课程的个别大学里,文学只是语言学观点的附注。1831 年,真正意义上的英语语言文学课程在伦敦的国王学院出现,而对保守的牛津大学,直到 1894 年才开设此课程,课程的主要内容仍是历史语言研究。英语语言文学学科,最早由马修·阿诺德(Matthew Arnold)提出,到1921 年随纽波特英语教育报告的发布达到顶峰。①

由此,知识生产是一种学科化、历史化的进程。所有的知识模式并非一成不变唯一的形式,而是在人类知识发展的动态演进中逐渐形成、转化,并与其他学科知识相互影响的。学科分化,同时也是知识现代化的表现,与现代社会的发展密切相连。以哲学为统帅的统一的人文知识系统终究要让位于知识细化的现代学科体系,这是科学主义的胜利,更是现代性的凯旋。对于人文社会科学,自此拥有了自己的学科归属,确定了类比于自然科学的认识论、方法论和价值论基础,朝着"人的科学"方向迈进。

---

① 彼得·巴里:《理论入门:文学与文化研究导论》,杨建国译,南京大学出版社,2014 年,第 12—13 页。

二、学科史中的"两种文化"之争

早在古希腊时期,柏拉图就对哲学和诗歌间的分歧做了裁定,指责诗歌背弃真理、放纵情感及误导青少年,力主将诗人逐出理想国。柏拉图从理性和城邦政治的视角初步分离了代表真理的哲学和非理性的文学知识形式。亚里士多德将文学艺术归入制造的知识、一种技艺,与物理学、数学代表的理论知识和政治、伦理代表的实践知识相区分。近代,培根把史学和诗学归入记忆和想象的领域,与科学——理性的领域相区隔。文德尔班把人的认识活动分为自然科学知识和历史学(和文学)的认识。自然科学知识是建立法则的,所把握的是普遍的、可重复的、规律性本质,而历史和文学认识是个性记述的,所把握的是个别的、不可重复的唯一性的现象。李凯尔特在《文化科学和自然科学》文中更明确地将这两种知识相对立,认为自然科学是以普遍规律为旨向的,而文化科学是评价性的,与价值相关,并满足于个别事物的描述。①

科学家和人文学者的观念互不相容,如物理学家玻尔兹曼斥责黑格尔等哲学家言辞空洞、胡言乱语,皮尔逊在《科学的规范》一书中嘲讽黑格尔和叔本华不懂基本物理知识。赫尔姆霍茨 1862 年时充分表达了 19 世纪科学和哲学的对立:"近年来有人指责自然哲学,说它逐渐远离由共同的语文和历史研究联结起来的其他科学,而自辟蹊径。其实这种对抗很久以来就明朗化了,据我看来,这主要是在黑格尔派哲学的影响下发展起来的,至少是在黑格尔派哲学的衬托下,才更加明显起来。……哲学家指责科学家眼界狭窄;科学家反唇相讥,说哲学家发疯了。其结果,科学家在某种程度上强调要在自己的工作中扫除一切哲学影响,其中有些科学家,包括最敏锐的科学家,甚至对整个哲学都加以非难,不但说哲学无用,而且说哲学是有害的梦幻。"②以孔德实证主义思想为指导建立的社会科学门类更是排斥形而上学的哲学传统,如近代史学之父兰克反对黑格尔思辨哲学方法对历史的普遍规律的解读,后来以科学史学为目标的历史学家们更是集体反对思辨历史哲学,以致排斥历史哲学对史学实践的介入。

20 世纪以来,科学和人文的对立更为突出地表现为科学家和文学学者

---

① 孙慕天,刘玲玲:《两种文化问题的历史考辨》,《自然辩证法通讯》,1993 年第 3 期,第 35 页。

② W. C. 丹皮尔:《科学史及其与哲学和宗教的关系》,李珩译,广西师范大学出版社,2001 年,第 249 页。

"两种文化"的论战。1959 年,查尔斯·珀西·斯诺(Charles Percy Snow)在剑桥大学的演讲"两种文化与科学革命"中提出了"两种文化"的命题。他指出整个西方的知识生活日益被分化为两级群体,一类是文学知识分子,另一类是科学家。作为非科学家的文学知识分子指责科学家是肤浅的乐观主义者,而科学家指责文学知识分子缺乏远见,在深层次上是反知识的,等等。①斯诺认为科学和文学群体的敌意源于他们相互的不了解,尤其是文学知识分子对工业革命、科学革命带来的社会生活剧变的漠视,对当时世界现实、人类生存问题的无知。因为文学知识分子代表的非科学(或称为反科学)文化渗入政治决策,"正是这种基本上未被科学文化所削弱的传统文化在支配着西方世界"②。斯诺对文学知识分子的指责激怒了文学批评家弗兰克·雷蒙德·利维斯(Frank Raymond Leavis),通过演讲和在报刊发表文章,利维斯对斯诺进行近似人身攻击和谩骂的回应,并引发了英国学界一场旷日持久的大论战。斯诺"两种文化"命题的提出,实际已经超出了英国知识界的范围,具有更广阔的时代意义。正如斯蒂芬·科里尼在《两种文化》导言中看到,斯诺"发射"的这一"概念""从此不可阻挡地在国际传播开来";他阐述的这一问题"现代社会里任何有头脑的观察家都不能回避";他引发的这场争论"其范围之广、持续时间之长、程度之激烈,可以说都异乎寻常"。③

　　"两种文化"论战争论的焦点在于"文化"。文化,从斯诺角度讲,包括两层意思:一是词典定义里的"智力的发展,思维的发展",二是人类学意义上"生活在同样环境中、并由相同的习惯、相同的信仰和相同的生活方式联系起来的一群人"④。以科学和文学为对象,两者在思维方式和共同体认同方面确实存在差异。但之所以引发如此之大的论争,是与时代背景、社会态度、高等教育等状况密切相关的。当时的英国,在政府决策上必须考虑冷战时期大国竞争的关系,制定包括高等教育在内符合未来发展的竞争策略。其时,社会主义阵营中的苏联和中国的全面工业化进程如火如荼,苏联第一

---

① C. P. 斯诺:《两种文化》,陈克艰、秦小虎译,上海科学技术出版社,2003 年,《里德演讲,1959 年》第 5 页。

② C. P. 斯诺:《两种文化》,陈克艰、秦小虎译,上海科学技术出版社,2003 年,《里德演讲,1959 年》第 10 页。

③ C. P. 斯诺:《两种文化》,陈克艰、秦小虎译,上海科学技术出版社,2003 年,《导言》,第 1-2 页。

④ C. P. 斯诺:《两种文化》,陈克艰、秦小虎译,上海科学技术出版社,2003 年,第 52-54 页。

颗原子弹试验成功,这些成就对于斯诺这样的科学家来说意味着科技的应用和工业化的发展不分国界,对英国而言却是种威胁。同一阵营中的德国和美国则在应用技术大学工程师培养和科学进步方面领先于英国。相比较,斯诺把此种危机的原因归为高等教育问题,主要表现科学家和文学知识分子共同体间的不理解和共同体内部的隔膜,实质是文学主导的传统文化对工业革命和科学革命剧变的无知和不接受。他所说的"文学知识分子"实际上针对作家、批评家,而不是当时学院派学者,但他指责的"传统文化"仍主要体现在大学里保守主义文化的守护者——文学精英。斯诺对文学界内部的分化没有区分,整体性排斥文学精英代表的传统文化,策略性地批评现代主义作家(如叶慈、庞德)政治堕落,以反衬科学文化的先进,科学家改造世界的乐观主义精神和普世关怀道德。他认为在高等教育和社会生活中推崇科学文化并抵制传统文化,就能够解决英国当时和未来的发展问题,更通过世界范围内推广科学革命解决世界三大难题——氢弹战争、人口过剩和贫富差距,抢在社会主义阵营之前获得印度等大多数不发达国家的认同。

　　"两种文化"论争的结果是斯诺的科学文化占据上风,其原因值得注意。其一,当时的科学文化出于工业革命和科学革命的兴盛必然会战胜自由人文主义的文学文化。科学文化,实际上已经成为现代性的一种代表,使与其对立的文学文化不自主地站在了现代性的对立面,成为落后文化的表征。阿诺德、利维斯维护的传统人文价值、人文教育和经典作品批评方法,在现代性的入侵下在价值观和方法论上无法适应急速变动的现实生活需要。其二,现代学科分化造成的知识门类职业化和专业化趋势迫切要求仍停留在中世纪知识分类的人文学术进行调整。科学领域已经较彻底地学科化和专业化了,文学学科不能再独善其身,纠结于历史语言学、修辞和经典解读等旧分科。文学,更无法延续利维斯式隔离文学与其他学科关系,隔离文学与复杂现实世界的实践。从这个意义上看,"知识分子(维多利亚时代的'文人')的衰落乃是现代生活日益职业化和专业化的一个方面"①。其三,论战双方都是通过演讲和报刊为媒体,意图已不仅仅是维护自身学科的合法性,而介入公共话语权的争夺。斯诺为保持英国国家竞争实力推崇科学革命和科学文化,生怕非科学的文学文化阻碍公共决策,也是一种调整高等教育资源分配的建议。利维斯作为维系自由人文主义传统的学院派代表,当文学

----

① 罗兰·斯特龙伯格:《现代西方思想史》,刘北成、赵国新译,中央编译出版社,2005 年,第 589 页。

学科和学者整体的声誉受损时情绪激烈地攻击斯诺等人的主张,也是为了维护精英教育和智识文化在大学和社会中的地位。

三、从"两种文化"到"科学大战"

科学和文学(或人文)文化对立产生的争执,在"两种文化"论战之前和之后都存在,科学家和人文学者之间的分歧经常面对沟通不畅的问题。斯诺与利维斯之争,是19世纪赫胥黎与纽曼、阿诺德等人之间关于英国高等教育界文科和理科孰轻孰重的"文实之争"的延续。[①] 这两次论争,从学科角度看可以说是学科专业化和科学教育对传统人文教育和高等教育结构的直接挑战,从社会态度看是科学和理性为代表的现代性文化对自由人文主义保守理念的冲击,其结果在当时自然体现为文学文化处于守势。这种情况在20世纪末又有了新的表现。1996年,纽约大学物理学教授阿兰·索卡尔(Alan Sokal)通过诈文事件又一次挑战了文学理论家和人文学科的声誉。索卡尔特意撰写了《超越界线——走向量子引力的超形式的解释学》,投给后现代主义文化研究刊物《社会文本》,被收录在以"科学大战"为标题的专刊里。作为科学家,他故意捏造了量子力学边缘理论能证实拉康的心理分析,通过模糊的科学术语把德里达和广义相对论、拉康和拓扑学等拼凑起来,证明"后现代科学"的内容和方法论可以为进步政治纲领提供思想支持,而科学课程的内容必须引入"女性主义、同性恋者、多元文化论者的生态的批评运动的观点"[②]。就在此文发表的当月,索卡尔在另一份刊物上自曝其文是诈文,意在嘲讽人文科学后现代主义理论的反理智主义,或用他的话来说是"后现代文学理论的自负"[③]。索卡尔诈文及其后事件的发酵引发了激烈的辩论,德里达、罗蒂等理论家都投身其中。有意思的是,人文学者的应战,尤其是德里达本人的指责,并没有直接回应其文中提到的法国理论家对数学和物理学原理的滥用(包括拉康、克里斯蒂娃、鲍德里亚、德勒兹和瓜塔里等),仅是表示对美国学界政治批评的民族主义情绪。加上1987年保罗·德曼二战时期反犹主义文章被发现时,德里达为给德曼辩护"用尽了

---

① 殷企平:《两种文化和英国高等教育(上)》,《高等教育研究》,1994年第2期,第92页。

② 索卡尔,德里达,罗蒂等:《"索卡尔事件"与科学大战——后现代视野中的科学与人文的冲突》,蔡仲等译,南京大学出版社,2005年,第19-21页。

③ 索卡尔,德里达,罗蒂等:《"索卡尔事件"与科学大战——后现代视野中的科学与人文的冲突》,蔡仲等译,南京大学出版社,2005年,第60页。

解构的微妙玄微,用尽了语言之不可靠,思想与概念之脆弱"①等理论观念,反倒更损害了解构理论的威望。人文学者回击的无力,使此次"科学大战"几乎动摇了整个文学大厦的根基。

索卡尔事件引发的"科学大战"更深层次地验证了科学和文学共同体间不信任的加剧。之所以会有如此大的影响,与 20 世纪 60 年代以来文学"理论"推进的后现代主义思潮在学术界的广泛流传相关。索卡尔针对的对象是德里达为首的"理论家",即法国后结构主义理论的代言人。"理论"当时普遍被当作文学理论,美国学界此前一直都对法国理论家们热情推崇,成为全球"理论"的大本营。攻击嘲讽这些法国理论为代表的后现代主义理论,也是出于当时美国学界整体性的"法国恐惧症",既有对后现代主义反科学主义内容的不满,又有对作为学术明星的法国理论家在美国大学中占尽风头的抵制,还有对后现代主义伴生的相对主义、反基础主义等观念的排斥。文学视野中,德里达等人观念中的反实在论、语言决定论,利奥塔对"宏大叙事"的批判及当时女权主义、后殖民等社会实践理论的涌现,共同影响了学术界对后现代认识论和方法论革新传统知识的想象,新兴的跨学科理论刊物对此有着潜在的需求。索卡尔正是利用了这一状况。他在文章中故意断言:"物理'实在'只不过是一种社会'实在',本质上是一种社会和语言的建构","科学'知识'远不具有客观性,它反映或隐含着其赖以生存的文化中的占统治地位的意识形态或权力关系;科学真理的断言本质上具有理论负载和自我指涉,因此,科学共同体的话语,尽管其具有不可怀疑的价值,但从不同见解者或受排斥的团体中产生出来的反霸权的叙事来说,人们不能够断言它们具有一种认识论上的权威地位"。②从硬科学的"权威"例证到科学后现代化的结论,几乎完美地回应了文学界对验证、推广后现代理论的要求,尽管他利用了文学编辑对科学的无知和盲目的热望。

此外,"后现代科学"本身在科学界中也已经出现了苗头,这也是索卡尔反感并将罪名转移到后现代文学理论和理论家的另一诱因。1962 年,科学史家托马斯·库恩出版了《科学革命的结构》,引发了一场后现代讨论。库恩认为,首先,科学革命源于范式的转换,而学术共同体接受新的范式则是科学家出于信念的一种特定行为,比如科学家间的同行压力。这样,科学活

---

① 彼得·巴里:《理论入门:文学与文化理论导论》,杨建国译,南京大学出版社,2014 年,第 278 页。

② 索卡尔,德里达,罗蒂等:《"索卡尔事件"与科学大战——后现代视野中的科学与人文的冲突》,蔡仲等译,南京大学出版社,2005 年,第 2 页。

动很难再被看成一种客观、理性的认识真理的行为;其次,库恩认为竞争的范式之间是"不可通约的",即两种范式涉及的科学概念的意义与其背后整个理论系统相关,异质的理论系统无法交流,就像牛顿和爱因斯坦物理学理论仿佛是说着不同的语言。这意味着科学变迁不是线性的迈向真理的进步,而接近于无方向的非累积性的变动;最后,他提出观察数据的理论负荷,即无法找到完全中立的观察数据为两种竞争理论做裁决,也意味着"不存在能够评价各方主张的中立见解",同时"客观真理的概念本身也值得质疑"。[①]对此,阿瑟·丹图(Arthur C. Danto)认为汉森(N. R. Hanson)的《发现的模式》(1958 年)和库恩的《科学革命的结构》(1962 年)是科学哲学的革命中最具有决定意义的著作。汉森的观点攻击了经验主义的基本教条之一——观察和理论可以被一清二楚地区分,认为观察"总是已然"为理论渗透,由此可以解释不同理论背景的观察者对同一观察对象所做出的不同解释。而库恩《科学革命的结构》则将自然科学本身变成某种阐释问题,在方法论方面具有了与人文科学解读世界相同的方式,结果是"所有科学都被放在历史之下,而不是像从前把历史置于按物理学模式解释的科学之下"[②]。汉森和库恩实际上已经动摇启蒙运动以来建立在科学主义之上的真实性和客观性等实证主义主张,开启了新实证主义时代。当实证科学的客观性与进步性被质疑时,作为绝对真理榜样出现的科学根基也被撼动,更给其他人文社会科学的认识论和方法论带来了极大的挑战。甚至科学界受其影响开始出现科学知识社会学(SSK)学派,以社会建构理论阐释科学的知识生产过程。

"科学大战"中还有意识形态方面的对立,比"两种文化"论战时表现得更为突出。"两种文化"之争涉及科学家左派和文学精英右派保守势力间的分歧,此时左派胜出。而"科学大战"则是在受左派激进主义影响的后现代理论家及其拥趸与文化保守主义右派科学家之间的分歧,结果是右派胜出。起源于 20 世纪 60 年代社会运动的后现代思想自发带有左派价值观,批判消费主义文化,力图革新社会形态,但很快被 70 年代中晚期席卷整个美国的右翼运动遮掩。受冷战影响,美国政府和商界大力支持科学教育,对人文学科的基金投入减少,大学生在专业选择上也更偏向科学技术领域。80 年代,英国撒切尔政府和美国里根政府采取了新自由主义的经济政策,削减公共支

---

① 萨米尔·奥卡沙:《科学哲学》,韩广忠译,译林出版社,2013 年,第 85 页。
② 阿瑟·丹图:《叙述与认识》,周建漳译,上海译文出版社,2007 年,《莫宁赛版导言》,第 XI-XII 页。

出,对教育、医疗等社会服务资源私有化,等等。在高等教育领域,劳动力市场和学术资本主义引导大学教育和研究朝向更能产生收益的部门倾斜,政府财政驱动的竞争型教育改革更是以职业为导向,以服务社会经济繁荣为目标。这些措施对高校人文社会科学研究构成了实际的威胁。另外,市场经济的逻辑重新囊括社会生活的各个领域,使原初进步的左派人文价值观显得相对陈旧和无关紧要。①

　　然而,从学科交叉、学术共同体交流的角度来看,索卡尔事件反映的问题是对斯诺"两种文化"论题解决途径的一种失败的尝试。斯诺提出的"两种文化"的解决方法是"第三种文化",即科学文化和文学文化间相互融合产生的新的文化形态。斯诺给出的例子实际是科学概念的普及,如"有机共同体"、前工业社会的性质和科学革命等概念,"因为这一文化为了能发挥作用必须要说科学术语"②,以及美国理科学生的人文教育。拉康、德里达、德勒兹和瓜塔里等理论家对数理原理的借用,从此种意义上来讲,正是"第三种文化"的体现。索卡尔没有从学科融合的积极意义上认识这一现象,使用诈文嘲讽人文学界的行为本身又加剧了科学和文学文化间的冲突。这也证实,真正意义上的学科融合及新的文化形式对于各自学科中的坚守者来说很难超越知识结构和意识形态的偏见。然而,上述尝试的失败并不代表没有成功的可能性。人文社会科学研究模式从科学主义到语言学转向的转变,尤其是怀特转向文学文化,都展现了这一可能。

第二节　语言学转向

一、语言学转向的两种途径

　　自古希腊哲学始,作为知识汇总的哲学之核心问题一直围绕万物的本体,语言仅作为再现的工具出现。受自然科学发展的影响,近代哲学以科学和理性的眼光看待世界。按库恩的话,近代哲学范式就是"由笛卡尔创始、

---

　　①　索卡尔、德里达、罗蒂等:《"索卡尔事件"与科学大战——后现代视野中的科学与人文的冲突》,蔡仲等译,南京大学出版社,2005 年,第 182–185 页。卡洛斯·阿尔伯托·托里斯:《新自由主义常识与全球性大学》,《北京大学教育评论》,2014 年第 1 期,第 2–16 页。

　　②　C.P. 斯诺:《两种文化》,陈克艰、秦小虎译,上海科学技术出版社,2003 年,第 59 页。

与牛顿力学同时发展起来的"。同时,近代哲学把启蒙主义的理性原则奉为
至高理想和精神,以此推进知识,促进大众思想解放。近代以后,认识主体
和认识方法逐渐得到哲学家的关注。19 世纪末自然科学的新发展极大地冲
击了近代哲学范式,尤其是科学理论的论述方式和形式体系为分析哲学的
出场提供了逻辑实证基础。哲学思辨开始转向语言分析,通过对语言本质
和功能的分析以解释存在及人与世界的关系。奥地利哲学家古斯塔夫·贝
格曼(Gustav Bergman)在 1964 年将这一倾向命名为"语言学转向",主要描
述 20 世纪初以来英美分析哲学对"语言逻辑"问题的探索[1],其后还可包括
欧陆海德格尔、伽达默尔等存在主义现象学家和解释学家对语言和存在关
系的反思。其中,英美语言分析哲学,如罗素的"数理逻辑"研究,希望通过
树立科学的、系统的形式语言促使哲学命题"精确""明晰"标准的建立,以理
清以往哲学中的语言表述问题和概念混乱。这种语言分析可以说走了科学
主义的路径。而欧陆语言哲学最早关注存在论和现象学,如海德格尔和伽
达默尔对诗性语言的强调,从语言和存在及人的关系角度论述"语言控制着
人生存的最高可能性","语言本身成为它在哲学上的自我把握的对象"。其
进路可称为对语言的人文主义考察。1967 年,理查德·罗蒂在其主编的《哲
学方法中的语言学转向论文集》序言中将"语言学转向"称为"最近发生的哲
学革命",随后此概念被广泛接受。值得注意的是,英美分析哲学和欧陆分
析哲学主要从哲学学科自身的立场出发,实际关注的是"语言"对柏拉图以
来传统形而上学的矫正作用。其影响也主要在哲学领域,对其他人文社会
科学的理论和方法论启示不够充分。这就是语言学转向的第一种途径,更
准确的定义应该是"语言转向"——向语言哲学的转向。

　　20 世纪 60 年代时,语言学转向开始超出哲学领域,借助索绪尔结构主
义语言学的成果,成为 20 世纪西方人文学科知识模式重构的一种共同趋势。
索绪尔在《普通语言学教程》中树立了语言学独立的学科地位,将语言学的
任务之一界定为"寻求在一切语言中永恒地普遍地起作用的力量,整理出能
够概括一切历史特殊现象的一般规律"[2]。通过对语言本身普遍规律的追寻
和确定其学科特殊的界限,索绪尔使语言研究成为一门独立于其他知识体

---

　　① 伯格曼最早于 1953 年在发表《逻辑实证主义、语言和形而上学的重建》一文时,
第二节标题提为"语言学转向"(the linguistic turn)。"语言学转向"概念的流行则归功
于 1967 年罗蒂主编的《哲学方法中的语言学转向论文集》的书名。

　　② 费尔迪南·德·索绪尔:《普通语言学教程》,沙·巴利等编,高名凯译,商务印
书馆,2009 年,第 26 页。

系的学科或科学,不再隶属于传统的语文学或历史学。他的主要观点有以下几点。

其一,其将言语行为分为语言(langue)和言语(parole)两大部分。语言是言语社团成员集体心目中共有的符号体系,"以实质上是社会的、不依赖于个人的语言为研究对象,这种研究纯粹是心理的"。言语,则是"以言语活动的个人部分","其中包括发音为研究对象,它是心理·物理的"。① 它们的关系为:语言既是言语的工具,又是言语的产物。但索绪尔认为语言是言语活动的主要组成,其语言学也只讨论语言。

其二,索绪尔把语言作为一种符号系统,是音响形象(能指,signifier)和意义(所指,signified)的结合。能指就是声音表象,按《教程》原编者巴利等人的解释,"音响形象作为在一切言语实现之外的潜在的语言事实,就是词最好不过的自然表象"②。所指,则是指抽象的概念。索绪尔认为,语言符号有两个原则:一是符号的任意性,即能指和所指间的对应关系是任意的,如"牛"这个概念的能指在不同语言中有不同的声音表象;二是能指的线条特征,即这种听觉的能指沿线性时间序列出现。这种符号的任意性是一种约定俗成的社会表达手段,靠集体习惯维系,而不是说话者的自由选择。

其三,索绪尔用"共时"和"历时"概念来描述语言状态及其演化。共时语言学是同时轴线上表述语言状态的科学,或静态语言学;历时语言学则是连续轴线上表达一种语言状态向另一种过渡的演化语言学,是动态的。索绪尔认为共时语言学的地位优先于历时语言学,因为对说话群体来说,其具有"真正的、唯一的现实性"。③ 要寻找语言的一般性规律,就需要借助共时规律,而不是与偶然性和特殊性有关的历时规律。

其四,索绪尔认为语言状态中的关系是一切的基础,表现为句段关系和联想关系。句段关系指语言线性序列的话语中词与词一个挨着一个排列,这些以长度为支柱的结合关系,是一种在场的现实系列。联想关系指话语之外某些有共同点的词会在人们的记忆中联合起来构成具有各种关系的集合,是一种不在场的潜在的记忆系列。

---

① 费尔迪南·德·索绪尔:《普通语言学教程》,沙·巴利等编,高名凯译,商务印书馆,2009 年,第 41 页。

② 费尔迪南·德·索绪尔:《普通语言学教程》,沙·巴利等编,高名凯译,商务印书馆,2009 年,第 101 页。

③ 费尔迪南·德·索绪尔:《普通语言学教程》,沙·巴利等编,高名凯译,商务印书馆,2009 年,第 130 页。

需要注意的是,索绪尔在语言学一般原则论述中否定了西方哲学传统中语言、思想和实在的同构关系,在批判语言工具论的同时提升了语言本身的地位,但其路径明显不同于传统语言哲学及分析语言哲学。在提出语言符号的性质时,他首先质疑了传统哲学的唯名论和指称论思想,不仅反对唯名论者关于"语言,……不外是一种分类命名集,即一份跟同样多的事物相当的名词术语表"的看法,也抵制那种"名称和事物的联系是一种非常简单的作业"的天真看法,否认那些符合论意义上"语言单位是一种由两项要素联合构成的双重的东西"[1]。他明确提出"语言符号连接的不是事物和名称,而是概念和音响形象"[2],即所指和能指构成的语言符号区别于实在或事物。同时,在他看来,语言符号是一种两面的心理实体,因此,所指和能指间的对应关系不同于名称和事物间的指称关系。对于语言和思想的关系,索绪尔则认为思想必须借助语言而存在,"思想离开了词的表达,只是一团没有定形的模糊不清的浑然之物。……预先确定的观念是没有的。在语言出现之前,一切都是模糊不清的"[3]。他将语言置于思想之上,并未关注语言符号之外的实在,或语言逻辑的真理言说,也没有包括语言的主体内在来源。因此,其所代表的第二种"语言学转向"路径不同于之前分析哲学和现象学的"语言转向",并没有涉及语言的本体论意义,更大程度上可以理解为一种语言符号学研究路线。

二、索绪尔语言学对人文社会科学的影响

索绪尔语言学在20世纪学术史上的意义不仅仅在于语言学学科合法性的树立,其语言学思想还启发了结构主义和后结构主义等理论,进而影响到整个人文社会科学领域。其影响主要表现为以下几方面。

第一,索绪尔对语言和言语的区分,以及共时和历时的区分,对结构主义理论的发展影响深远。在索绪尔的观念中,描述整体符号系统规则的"语言"是言语活动的主要构成,表述现实语言状态的"共时"规律也优先于"历时"规律。这就意味着,整体性的一般规则和超时间性的特定体系成为研究

---

① 费尔迪南·德·索绪尔:《普通语言学教程》,沙·巴利等编,高名凯译,商务印书馆,2009年,第100页。

② 费尔迪南·德·索绪尔:《普通语言学教程》,沙·巴利等编,高名凯译,商务印书馆,2009年,第101页。

③ 费尔迪南·德·索绪尔:《普通语言学教程》,沙·巴利等编,高名凯译,商务印书馆,2009年,第157页。

的中心,直接启发了结构主义思想。俄国形式主义、布拉格学派、结构主义人类学、结构主义叙事学和符号学都吸收了索绪尔的语言学思想。例如,普洛普通过与句子结构和叙事结构类比把俄罗斯童话故事的结构归为31种基本功能。而列维-斯特劳斯借鉴语言学基本单位音素和词素,提出神话中的单元为"神话素"(mytheme),极力寻找赋予神话意义的结构模式。叙事学家托多洛夫主张建立普遍的文学语法,甚至效仿语言学句法的主谓语划分提出"叙事句法",以探究文学实践的基础性法则。

第二,索绪尔把语言作为一种符号系统,并将与此相同的符号关系推演到符号学,"一门研究社会生活中符号生命的科学"[1]。他提倡建立属于全部人文事实,包括语言符号、仪式、礼节、习惯和信号等符号系统的一般性学问——符号学。他把符号学的学科地位置于语言学之上,认为语言的问题主要是符号学的问题。因此,索绪尔被认为是现代符号学的奠基人之一。在其影响下,许多人类学家和文学批评家都试图借鉴语言学的方法发展这样一门独立的符号科学。列维-斯特劳斯曾宣称人类学是符号学的一个分支,因为其所研究的现象是符号。[2] 罗兰·巴特更是借语言学术语考察文化现象,把人类行为视为一系列"语言"。他看到了"一种符号科学能够刺激社会批评,在这一理论设想中,萨特、布莱希特和索绪尔可以携手合作"[3]。

第三,索绪尔符号的任意性原则对人文社会科学认识论和方法论的冲击尤为显著。索绪尔认为能指和所指的联系是任意的,或简单说语言符号是任意的。符号的任意性原则是语言学的第一原则,也被索绪尔认为是符号学建立的基本原理。在索绪尔原意中,这种任意性指社会习惯的约定俗成,其建立在语言本质是一种社会制度或社会规范的基础上。然而,索绪尔凸显能指而遮蔽所指的做法,一定程度上对传统的形而上学无疑是一场致命性的打击。[4] 一方面,其对语言工具论的破除影响到哲学传统的认识论构成。近代哲学体系中,思维反映实在,语言是透明的,仅作为依附于思维的再现工具。而索绪尔观念中的所指只是概念,依赖于能指而存在,这就使语言脱离了外在世界,第一次获得了前所未有的独立性。同时也存在着"所指的任意性或创造性"——"每种语言都以特有的、'任意的'方式把世界分为

---

① 费尔迪南·德·索绪尔:《普通语言学教程》,沙·巴利等编,高名凯译,商务印书馆,2009年,第38页。
② 乔纳森·卡勒:《罗兰·巴特》,陆赟译,译林出版社,2014年,第59页。
③ 乔纳森·卡勒:《结构主义诗学》,盛宁译,中国社会科学出版社,1991年,第42页。
④ 杨向荣:《西方美学与艺术哲学基本问题》,中国社会科学出版社,2013年,第61页。

不同的概念和范畴"。① 这样,概念系统的划分也成为任意的,成了语言的创造物。由此,在概念基础上展开的认识论就无法不考虑语言的地位。另一方面,能指和所指构成一种关系属性,并且能指的存在取决于其与其他能指间的差异,意味着所指是不同能指间区别的产物。解构主义将这一特性扩展到所指也是一系列其他能指之间的产物,"意义乃是各个能指之间能够无始无终地进行下去的游戏的副产品",而且否认能指和所指间存在任何固定的区别,能指和所指相互转换造成无法达到终极所指。② 这种能指的游戏和意义的无限延异主导的解构思想,正是在对索绪尔结构主义语言学重新阐释的基础上形成的。

综上,索绪尔语言学对人文社会科学的启示具有认识论和方法论的意义。其一是结构主义观念及相关的文本解读模式对人类学、文学批评、史学等学科的影响;其二则突出表现在促使人们重新思考语言与意义问题,"意义不仅是某种被在语言中'表达'或者'反映'出来的东西:意义其实是被语言生产出来的"③。语言的建构功能随后被人文社会科学相继引入并强调,对一些学科产生了革命性的意义。因此,可以说索绪尔结构主义语言学不仅"创作了一个全新的学术领域,而且还为整个社会科学、人文科学树立了方法论的典范,并引起近代思想史的震动"④。

第三节　海登·怀特历史诗学溯源

怀特历史诗学的提出,始于 1966 年《历史的负担》一文在《历史与理论》刊物的发表。随后出版的专著《元史学:十九世纪欧洲的历史想象》(1973 年)扩展了《历史的负担》的内容,明确了历史研究和历史作品中的诗性本质和历史学观念赖以构成的语言学基础,在导论中将此理论概括为"历史的诗学"。之所以选择诗学路径,又界定为语言学范式的史学分析,主要原因是当时历史研究中科学主义模式盛行所带来的"历史主义的危机",促

① 陈嘉映:《索绪尔的几组基本概念》,《杭州师范学院学报》,2002 年第 2 期,第 52 页。
② 特雷·伊格尔顿:《二十世纪西方文学理论》,伍晓明译,北京大学出版社,2007 年,第 125-126 页。
③ 特雷·伊格尔顿:《二十世纪西方文学理论》,伍晓明译,北京大学出版社,2007 年,第 53 页。
④ 刘富华,孙维张:《索绪尔与结构主义语言学》,吉林大学出版社,2003 年,第 209 页。

使怀特等史学家重新思考历史编纂学的学科属性,回归历史的诗性特征并引入语言学规则以解决此危机在认识论和方法论方面的问题。由此,他转向文学文化,转向索绪尔语言学开创的结构主义和符号学路径。文学,在其理论中既是对亨普尔科学史的"覆盖率"模式和兰克实证主义史学的反叛,又是对叙事、转义、虚构、想象等前学科文学话语形式的新的回归。从此,历史编纂学特别是在怀特历史诗学的影响下开始了自身的语言学转向,走向后现代主义史学。

一、问题重提:作为知识形式的历史编纂学是科学还是艺术 (文学)?

历史知识属于科学还是艺术,这个问题由来已久。早在古希腊,亚里士多德就以历史仅关注具体事件无法表现"带普遍性的事"而将历史贬低到艺术领域次于诗的位置,排除历史与可然律和必然律的关系。笛卡尔的理性主义哲学以确定性为目的将历史和社会知识排除在科学认识之外,而孔多塞则通过"可能性"概念与数学确定性结合,把历史等与人类、社会相关的认识纳入能够用数学方式进行评价和表述的科学体系,代表了18世纪建立社会科学确定性的一种尝试。[①] 孔多塞的尝试开启了历史研究以自然科学为典范的社会科学归属之路。19世纪德国史学家列奥波德·冯·兰克(Leopold von Ranke)将文献学和档案学方法运用到历史研究,提升史料的地位,使历史开始成为现代学科建制中的一员,兰克本人也被称为"历史科学之父"。兰克的目标"如同实际所发生的那样"(wie es eigentlich gewesen)被英语世界当作"如实直书",作为客观性准则的典范。尤其在美国,19世纪末的历史学家比任何学术群体都更倾向于科学,甚至把史学研究班视为探寻科学真理的实验室。他们始终与"历史学即文学"或"历史学即艺术"的立场保持距离,或根本否定这一观点。[②]

在职业历史学领域,兰克的史学观点被称为古典历史主义,其本质在于"以一种个别的方式取代对人类历史和人类力量的一般化的观察方式",也是"一种信仰,它认为对任何事物性质的恰当理解和对其价值的恰当估量,只有通过考虑它在某一发展过程中所处的地位和所起的作用才能达到"。[③]

① 韩震:《略论孔多塞的历史哲学》,《甘肃社会科学》,1992年第1期,第25页。
② 彼得·诺维克:《那高尚的梦想》,杨豫译,生活·读书·新知三联书店,2009年,第43页。
③ 彭刚:《精神、自由与历史——克罗齐历史哲学研究》,1999年,第85-86页。

具体在史学实践中,兰克提倡过去的认识必须放在特定的语境中去认识,应避免当下主体意识对历史认识的介入。然而,在这方面,兰克的历史主义史学却存在着悖论,其历史观与当时政治社会秩序观念(尤其是国家中心论和欧洲中心主义)紧密相连,并与19世纪德国培养民族和社会认同感的大学教育任务相关。这样一来,"专业化过程以及随之而来的科学精神与科学实践的发展是怎样到处都导致了历史著作越来越意识形态化","历史学家们深入到档案中去寻找证据,以便支持他们民族主义和阶级的成见并赋给它们以一种科学权威的气氛"。① 另外,兰克学派对政治史、军事史和外交史的偏爱,及专注于政府文件、军事、外交档案和政治家日记等第一手史料的单一方法在19世纪末时遭遇了极大的挑战,历史主义的危机应运而生。欧美史学界普遍出现了扩大历史研究题材的呼声,主张借鉴社会科学模式对社会、经济和文化展开研究。随之,经济史、社会史崛起,法国年鉴学派希望在新史学的号召下以历史学统一社会科学②,美国新史学派更是以采用计算机技术进行定量研究闻名,甚至在史学家中出现了"凡是不可量化的历史学,就都不能声称是科学的"(拉杜里)之类的看法。但是,这些社会科学路线的新史学与它们反对的历史主义一样都以不同的形式遵循了科学主义的范式,都没有在历史认识上挑战历史编纂学传统中的两大观念——历史学的真理符合论前提和线性时间序列前提。③

　　在历史哲学方面,20世纪40年代起,以卡尔·亨普尔(Carl Hempel)为代表的实证主义者和以柯林伍德等为代表的唯心主义者展开了长达四十年的论争。亨普尔1942年发表论文《普遍规律在历史学中的作用》,提出了波普尔的科学解释模式——覆盖率模型(covering law model)同样适用于历史研究。历史中的因果关系可以用演绎推理中的三段论来解释:大小前提分别对应普适规律(或自然律)和特定事实,构成解释项;结论本身就是待解释的现象,即被解释项。亨普尔等科学哲学家将历史解释囊括到覆盖率模型的用意是通过论证历史编纂学这门始终被视为个别事实的学问本身也是普遍规律的变种,以证实逻辑实证主义对所有科学解释的有效性。然而,亨普

---

① 格奥尔格·伊格尔斯:《二十世纪的历史学:从科学的客观性到后现代的挑战》,何兆武译,山东大学出版社,2006年,第29页。

② 弗朗索瓦·多斯:《碎片化的历史学:从〈年鉴〉到"新史学"》,马胜利译,北京大学出版社,2008年,第38页。

③ 格奥尔格·伊格尔斯:《二十世纪的历史学:从科学的客观性到后现代的挑战》,何兆武译,山东大学出版社,2006年,第2-3,34-37页。

尔的模型忽视了史学实践以及史实和历史人物的独特性,覆盖率甚至形成一种历史完全隶属于科学的印象,危及历史学科的自主性,因此遭到唯心主义历史哲学家们的批评。柯林伍德和其追随者从分析的解释学观点与亨普尔等科学哲学家展开了论战。柯林伍德等人秉承着历史是一门特殊性质的具体的科学,人类行为和经验作为其对象使历史本身无法做抽象的推论,只能通过移情式的联想重演过去个体的思想和经验以做出因果解释。柯林伍德的重演理论后来被德雷的行为合理性解释取代,发展为逻辑关联论,以逻辑的联系代替动机和行为间的因果联系。论争后期覆盖率和分析解释学观点逐渐合流,以至于安克斯密特认为它们的相似性要大于初始论题的分歧。①

　　实证主义者和唯心主义者的论争中,叙事问题成为一个重要的论题。史学家传统上都会注重写作文本本身的融贯性,以促进与过去事实间的有效交流,这种融贯性通常被认为是叙事的功劳。但个体故事描述的叙事与科学解释模式的逻辑相悖,而因果关系的解释框架却离不开叙事功能的界定,因而论争的一个重要论题就集中在叙事上。分析哲学家莫顿·怀特(Morton White)和阿瑟·丹图(Arthur C. Danto)都转向历史叙事的解释机制,如丹图的"叙述句"(narrative sentence)理论从后设视角(历史概念的生成过程)理解事件间的联系,一定意义上历史事实只是作为某种描述中的事件出现。怀特更是在《历史知识的基础》中提出:

　　历史叙事,加长版的故事,与逻辑学家使用的单句相比是如此漫长,以致任何将它作为可重复的、同一的语言模式的努力注定会让历史学家大失所望,当他意识到自己的因果论述陷于单一句法模式时一种过时和曲解的印象油然而生。另一方面,正是这些导致史学家认为被逻辑分析曲解的叙事特有的性质可能抑制逻辑学家辨明其结构。叙事的复杂性和多样性,一个故事在结构上与其他故事相异的事实,能使浪漫主义观念的历史学家和正统的逻辑学家都停滞不前。……历史既是文学艺术,又是旨在发现和界定真理的学科。如果我们为阐明其相关的认识论问题而忽视了叙事的文学特性,我们的做法就像明智的放射科医生,扫描脑部的同时并没有否认皮肤

　　① See Ankersmit, F. R.. "The Dilemma of Contemporary Anglo-Saxon Philosophy of History." *History and Theory*,25.4(1986):1-27. 中文版见《史学理论丛书》编辑部:《当代西方史学思想的困惑》,中国社会科学出版社,1991 年,第 73-111 页。庞卓恒:《唯物史观与历史科学》,高等教育出版社,1999 年,第 352-375 页。

的存在,也没有否认皮肤可以在颜色、纹路、美感方面非常不同。①

尽管已经认识到叙事概念本身的复杂性以及其无法脱离的文学特性,他们更倾向于从分析哲学的视野去阐述叙事的解释效用,从历史学科的科学性意义理解叙事。他们的叙事研究,被安克斯密特肯定为"覆盖率"模型阵营成为其后海登·怀特代表的叙事主义历史哲学的灵感来源。②

综上,到 20 世纪 60 年代之时,历史学领域兰克树立的史学典范早已处在历史主义的危机之中,但出于对思辨历史哲学的排斥鲜有职业历史学家反思其科学史学范式的客观性问题。而在历史哲学领域,取代思辨历史哲学的分析历史哲学内部纠结于科学解释模式是否适应于历史研究,从科学主义单一视角出发的实证主义者和唯心主义者不仅并未从认识论上得出一致的结论,反而因为理论的简化和对史学实践的忽视造成历史理论研究的停滞。正是在这种背景下,海登·怀特从叙事的文学角度提出自己的历史诗学理论,从而转向文学文化,转向语言学模式,开辟了叙事主义历史哲学的独特路径。

二、《历史的负担》和《元史学》:转向文学文化,转向语言学

1960 年,美国专业历史哲学杂志《历史与理论》创刊。在此之前,历史哲学一直都是史学中可有可无的配角,没有专业的期刊发表阵地,按范恩(Richard Vann)的说法就是"学术孤儿"。就历史哲学研究,"二战"前夕,英语世界中仅有米歇尔·奥克肖特(Michael Oakeshott)的《经验及其模式》和莫里斯·曼德尔鲍姆(Maurice Mandelbaum)的《历史知识问题:对相对主义的答复》两部著作,也没有历史哲学家的专业协会。《历史与理论》创刊后围绕分析的历史哲学,尤其是覆盖率模型之争展开,也有史学家主张历史的文学属性,但往往局限于历史作品的文笔修辞,还有人从历史写作方面进行哲学反思,但仅停留在词语层面,连"修辞学"一词都没有提及。论争的后期编辑们都认为覆盖率和因果关系此类分析历史哲学的主题已经枯竭,暂缓发

---

① Sills, David L. . Ed. *International Encyclopedia of the Social Sciences Volume* 6. New York: The Macmillan Company & The Free Press, 1968: 391–392.

② Ankersmit, F. R. . The Dilemma of Contemporary Anglo-Saxon Philosophy of History. *History and Theory*, 25.4(1986): 17.

表此类讨论。① 而正在那时,文学批评领域的叙事理论、符号学思想迅猛发展,为历史叙事研究提供了很多新的思路。尤其是巴特 1967 年《历史的话语》("The Discourse of History")一文对历史话语(巴特本人界定为"超越句子层面的多组词语")所做的符号学分析,第一次把历史学家文本语言特征与小说话语类比,提出"历史的话语,不按内容只按结构来看,本质上是意识形态的产物,或更准确些说,是想象的产物"②,只是一种现实效果,仅可从可理解性上去认识。《历史与理论》刊物为促进历史与文学等学科交流提升其影响力,发表了相关的一系列争辩文章,为怀特历史诗学思想的酝酿与提出提供了有益的支持。

1966 年,怀特《历史的负担》一文在《历史与理论》杂志发表,初步阐释了他对史学属于科学还是艺术问题上的思考。这篇文章被视为怀特从思想史研究转向历史哲学的第一篇重要论文,其对 19 世纪史学方法论的质疑和学科专业化是由各种文化力量作用的揭示,以及呼吁当代史学家正视特定历史条件下历史学科性质的阐述,吸引了大批专业读者。

在文中,怀特批判了 19 世纪以来历史学家对历史学科性质、功能的流行观念,即历史学既是科学又是艺术,而史学家担负着将此两种认识世界模式综合的重任。怀特认为:"艺术和科学实质上是理解世界的两种不同方式",这种观念建立在错误的假设之上,源自浪漫主义艺术家对科学的恐惧和实证主义科学家对艺术的无知。而现代心理学已经探索了艺术家和科学家表达世界的方式和框架的一致性,"艺术陈述和科学陈述都具有共同的结构主义性质"。③ 尤其在历史领域,19 世纪早期历史被视为看待世界的独特方式,与艺术、科学、和哲学间存在一种互动关系,表现为这些学科一起跨越学科界限从隐喻观念去解释法国大革命,如米什莱和托克维尔因为其创作题材(并非方法)而被视为历史学家。到 19 世纪中叶历史学家普遍存在一种看法,将历史作为浪漫主义艺术和实证主义科学的结合,但是,他们的艺术

---

① R. T. 汪:《转向语言学:1960—1975 年的历史与理论和〈历史与理论〉》,陈新译,《哲学译丛》,1999 年第 3 期,第 57-63 页。及 R. T. 汪:《转向语言学:1960—1975 年的历史与理论和〈历史与理论〉续》,陈新译,《哲学译丛》,1999 年第 4 期,第 32-42 页。

② 罗兰·巴特:《历史的话语》,见张文杰编:《历史的话语:现代西方历史哲学译文集》,中国人民大学出版社,2012 年,第 119 页。

③ 海登·怀特:《历史的负担》,《话语的转义——文化批评文集》,董立河译,大象出版社,2003 年,第 33-34 页。

观念和科学观念严重落后,所追求的仅仅是"一种古旧的分析和表达方式的综合"①。一方面,怀特将其落后性归为科学视野中的客观性观念,即历史学家继续接受事实是给定的,拒绝承认现象的建构性;另一方面,他认为是文学方面的再现问题,历史编纂学未展开超现实主义、表现主义或存在主义叙事方式的尝试。这种落后实践直接造成了兰克科学史学历史主义的危机,知识分子普遍对传统历史研究的方法和效果产生敌意,形成了"历史的重负"。而历史哲学中亨普尔覆盖率之争并没有达成一致,反而造成思想上的混乱和不安。怀特建议从研究历史文本内部史学家的"风格"入手,尝试借助文学再现模式进行革新,呼吁历史学家担负将历史变迁与当下现实结合并寄希望于进一步人类行动的道德重任,呼吁"非连续的历史学"以更新历史认识。

如果说《历史的负担》只是模糊地指向现代文学理论对传统历史学科的启示作用,1973 年出版的《元史学》则明确地转向诗学,转向语言学的方法论模式。怀特本人对其历史诗学产生原因进行了解释:一是针对分析的历史哲学,"当分析哲学家成功地澄清了在何种程度上历史学可能被视为一种科学时,对历史学艺术成分的关注却不多见。通过揭示出一种特定的历史学观念赖以构成的语言学基础,我试图确定历史作品不可回避的诗学本质,并且具体说明历史记述中令其理论概念被悄然认可的那种预构因素"。他强调其历史诗学是与分析历史哲学相异的一种语言学路径,本质上是诗学的;二是针对史学界"历史主义的危机",他希望通过书中详细的分析澄清"现代学院历史编纂学的优秀代表在理论上的迟钝"的原因,并从跨学科视野说明反抗传统历史意识的理由。②

在《元史学》中,怀特的论述方式非常独特,主要体现在以下三点。

第一,他以结构主义和形式主义的文本分析对 19 世纪历史学家和历史哲学家作品的风格进行了整体性的梳理,得出的结论是他们在语言的深层意识和预构行为层面没有任何差异,都可以用历史编纂的类型学来解释。三种模式——情节化模式、论证模式和意识形态蕴涵模式下面各包含四种分类,其中的亲和关系分别组合,构成了历史学家和历史哲学家历史编纂风格的基本形式。这种整体性规律的新探讨,弥合了一直以来历史学家和历史哲学家的巨大分歧,又预示了一种"元史学"(接近于思辨历史哲学的可能

① 海登·怀特:《历史的负担》,《话语的转义——文化批评文集》,董立河译,大象出版社,2003 年,第46—47 页。

② 海登·怀特:《元史学》,陈新译,译林出版社,2009 年,序言第3—4 页。

性模式)的回归,其转向意味着对分析历史哲学内部近30年的论争的一种矫正。第二,怀特的这种语言学路径按他本人的说法是"诗学的"。史学家他们的史料解释和表现行为本质上是诗性的,可以用四种诗性语言的比喻模式——隐喻、转喻、提喻和反讽来描述。其修辞性的诗性预构行为的提法追寻着亚里士多德、维科和近代语言学家和文学评论家的解释传统,源于文学文化。与分析哲学的语言学路径不同,怀特秉承的是索绪尔结构主义语言学相关的符号学路线,其所受启发的来源集中在巴特、雅各布森和弗莱等文学理论家,以诗性语言的建构功能来重构历史理论。他将历史话语界定为"叙事性散文话语为形式的一种言辞结构"[1],一种类比于文学作品(尤其是小说)的话语形式,从语言的诗性角度不同于分析历史哲学对语言关注的方法,从叙事结构出发则根本不同于丹图等早期叙事主义历史哲学的单一句法学叙事观点,从方法论上对历史哲学进行了革新。第三,怀特此书讨论的是19世纪史学史和思想史,对历史学科化、职业化过程的说明破除了历史学科先天的客观性印象。另外,其中的一个结论——史学思想大师出于概念性策略的不同进行了个体性的风格表现,意味着差异只是模式选择之不同,而最终选择依据是美学或道德的(非认识论的)。这就从认识论上完全推翻了现代史学科学化、学科化的意义,对传统历史观念(尤其是历史主义和科学主义)构成了很大的冲击。

特别是当怀特感慨"在任何尚未还原(或提升)到一种真正科学地位的研究领域中,思想依旧是语言模式的囚徒,在这种模式中,它设法把握住栖息在其感知领域的对象的轮廓"[2],关于历史本质、认识基础、价值论和历史研究目标的种种传统看法都遭到了极大挑战。由《元史学》引发了史学界真正意义上的"语言学转向",影响范围超出历史哲学而进入难以撼动的职业历史学,并随其理论的进一步发展和在跨学科范围内的广泛接受,"显著挑战了史学家认知历史的传统方式,以往史学家关于真理本质和知识客观性的自然前提也遭到明显冲击[3]。同时,怀特对历史"诗学"特性的强调,对现代学科建制之前文学(艺术)文化的回归,表现出的文学转向使历史研究陷入了一种认识论危机。"既质疑了我们过去确定性的信念,危及历史再现的潜在可能,破坏了我们实时定位自身的能力",被史学家认为其结果"将历史

---

[1] 海登·怀特:《元史学》,陈新译,译林出版社,2009年,导论第2页。

[2] 海登·怀特:《元史学》,陈新译,译林出版社,2009年,序言第4页。

[3] Spiegel,Gabrielle M. Presidential Address:The Task of the Historian. *The American Historical Review*,114.1(2009):3.

知识弱化为一系列遗迹和隐藏的虚构之物"。① 这种语言学转向和文学转向,启发了一批有革新思想的史学家,并在后结构主义理论的推动下,最终导向历史研究的后现代主义转向。

可见,怀特历史诗学代表的学科互涉实践,正是在科学和文学(艺术)"两种文化"的对峙中转向文学文化,也是在传统学科观念的客观性和符合论真理观处于危机时转向"语言"本身。对语言的重新发现,直接表现在人们开始反思人文社会科学研究中的话语模式,或重视文本、修辞、叙事等以往被当作文学因素的话语形式和偶然性、模糊性及特殊性等客观性之外的"文学"价值,或采用文学批评及广义上认为属于文学领域的"理论"从方法论上重构学科范式。同时,文学的人文意义也被刻意引入社会科学研究,以缓解科学文化导致的价值危机和教育弊病。其背景是 20 世纪 60 年代的后现代思潮,而其路径及产生的影响则带动了后现代主义思想在整个人文社会科学领域的传播和解构效应。从此意义上看,文学,成为对抗科学主义认识论、方法论和价值观的工具;文学,同时也成为后现代文化的代名词。了解了怀特历史诗学的理论渊源,也就理解了辛普森式的学术后现代现象的产生背景。

---

① Harlan, David. Intellectual History and the Return of Literature. *The American Historical Review*, 94. 3(1989):581.

第二章 | 诗学引入历史编纂学:海登·怀特 历史诗学与"文学转向"

文学和历史在现代化学科体系建立之前一直都是相生相容的。在西方的传说中,历史女神克利奥属于古希腊执掌文艺的缪斯女神之一;在中国古代的文化实践中,"文史不分"更是一种共识。但在 19 世纪现代学科建制之后,文学与历史间的亲密关系被打破,叙事、修辞、虚构等文学性元素被排除出标榜客观性真理的现代学科范式之外,文学被贬为被抑制的历史的他者。但是,在怀特的历史哲学体系中,诗学被引入历史编纂学的研究之内,以一种学科互涉的知识形式参与学科理论的建构过程。其中,叙事作为知识模式从认知上重构了历史话语,转义作为思维修辞的解释机制和想象性建构行为成为历史话语生成的原因,虚构更是在建构的意义上被强调。诗学,对于怀特,不仅仅是文学文化,从方法论角度更是重新定义历史编纂学可借鉴的概念和理论,是批判科学和实证主义史学以及解决分析历史哲学之争的工具。同时,怀特历史诗学通过重新关注表现实在所无法回避的语言问题,将研究对象由认识何种实在转变为如何在话语中多元地再现实在,随解构理论的推波助澜甚至演变为实在是否存在的问题,撼动了传统史学的认识论和价值论基础。从而导致了对客观性、真理、理性的诸多怀疑,蔓延于文学领域的后现代思想和理论开始在历史学科中展开。因此,怀特的历史诗学代表的"文学转向"成为后现代思潮中学科互涉和人文社会科学后现代化的表现,可以看作学术后现代视域中的标志性学术现象。

第一节 作为知识模式的叙事——叙事主义 历史哲学与叙事的复兴

叙事理论,自 1969 年托多洛夫对"叙事学"(narratologie)的命名以来——发展迅速,尤其在 20 世纪 80 年代,《新文学史》《今日诗学》《批评探索》等刊物纷纷出版以叙事为主题的特辑,叙事研究逐渐成为文学及其他人文、社会科学学科探讨的重心,甚至80年代被学界冠以"叙事的年代"①。直到当前,叙事理论仍然兴盛不衰,这一现象被称为"叙事转向"(narrative turn)。克里斯沃尔茨(Martin Kreiswirth)将其分为三个阶段:一是80年代开始叙事研究逐渐超出围绕文学文本的语义学或叙事学主导模式;二是逐渐涉入非文本形式和信息论、教育学、社会学、认知、治疗、记忆、法学、政治、语言习得和人工智能领域,特别是更广泛应用于社会语言学、语用学、发展心理学和社会科学中经验及定量研究分支;三是深化、扩展和加速阶段,包括更大学科范围内的叙事化信息实践——公共政策分析、医学诊治和教育以及社会工作等。② 叙事转向,已经成为人文社会科学领域普遍关注的新的学术增长点;叙事,本身也已经被视为独立的研究对象。

20世纪80年代开始的叙事转向突出表现在以学科互涉(interdisciplinarity)现象呈现的叙事研究的扩展上,转向以叙事模式和理论整合或重构人文社会科学学科原有知识结构,已经含有以问题解决、多元论和批评为导向参与知识生产的特征。这明显不同于之前文学领域托多洛夫、热奈特等叙事学家的研究取向,例如,在2000年出版的《劳特利奇历史研究指南》中"叙事"词条下提供了43种相关论著,但无一提到经典叙事学家,而在叙事学研究中也少有论及安克斯密特(F. R. Ankersmit)、丹图(Arthur Danto)、明克(Louis Mink),甚至海登·怀特之类对叙事有着深入探讨的历史理论家。③ 人文社会科学领域的理论家更关注的是作为知识模式的叙事在再现现实、阐释现实和认知过程中的作用,而非仅仅虚构文类中的文学修辞功能。同时,他们的目的也在于以更偏向人文色彩的叙事因素从认识论和方法论方面挑战启蒙运动以来确立的客观主义的科学研究范式。海登·怀特开创的叙事主义历史哲学即其中典型。

历史研究中,历史哲学家与实践或职业历史学家在历史理念方面始终冲突不断。历史哲学家早期往往是哲学家出身,从哲学的派生理论出发思考"哲学的历史"或"历史的元理论",故而因其形而上学的思辨因素广受职

---

① Kreiswirth, Martin. "Trusting the Tale: The Narrativist Turn in the Human Sciences." *New Literary History*, 23. 3(1992):631.

② Kreiswirth, Martin. "Merely Telling Stories? Narrative and Knowledge in the Human Sciences." *Poetics Today*, 21. 2(2000):293–318.

③ Herman, David, Jahn, Manfred, & Ryan, Marie-Laure. Eds. *Routledge Encyclopedia of Narrative Theory*. London and New York: Routledge, 2005:380.

业历史学家排斥,甚至被批为"没有血肉的范畴在跳一场鬼魂芭蕾舞"①。而职业历史学家受 19 世纪兰克科学史学"如实直书"的学科规范致力于对具体历史事实的客观再现,关注焦点在历史本体的真实性问题,所以很少反思自己从事工作的方法论和理论性意义。在怀特历史诗学理论出现之前,历史哲学大体上按沃尔什的分法经历了从思辨的(实质的)历史哲学到分析的(批判的)历史哲学的发展历程。思辨的历史哲学试图阐明历史过程的整体性意义,表达历史事件"真正的"意义和"本质的"合理性。康德、赫尔德、黑格尔、孔德、马克思直到斯宾格勒和汤因比都致力于这种对历史本体整体性规律的思辨性追寻,他们的作品中常贯穿着目的论的、形而上学的和预言的特征。而分析的历史哲学则从历史认识论角度通过对认识的性质和方法及认识能力的分析理清历史科学如何成为可能,希望确定历史知识的逻辑的认识论和价值论的条件。1883 年,从狄尔泰"历史理性批判"等概念和思想中孕育了批判的历史哲学,其后此类哲学的研究者主要包括克罗齐、柯林伍德等唯心主义派别(人本主义阵营)和逻辑实证主义者之类的分析哲学家(科学主义阵营),如亨普尔、加利、丹图、摩根·怀特等。20 世纪 70 年代初,实证主义与人本主义历史哲学近 30 年的纷争——史学研究是否应该按照科学哲学提倡的"覆盖率"与自然科学和社会科学模式保持一致?还是遵循"分析的解释学"和复杂的"逻辑联系的论据"原则去重现人类行为背后的思想?——并未得出结论。与此同时,两次世界大战之后职业历史学家的声誉直线下降,传统科学史学的研究方法和历史观念明显陈旧,历史主义的危机对历史学科的影响日益加重。在此状况下,原为思想史家的海登·怀特转向叙事主义历史哲学,开辟了不同于分析的历史哲学的第三条路径②,从历史编纂学的观点重新对历史研究者的叙述文本的语言学、修辞学特征进行系统的历史阐释,从而摆脱了之前认识论的混乱状态,革新了历史研究范式。

在该理论中,怀特将历史作品视为"叙事性散文话语形式中的一种言辞

---

① 沃尔什:《历史哲学 导论》,何兆武、张文杰译,广西师范大学出版社,2001 年,第 147 页。

② 安克斯密特于 1986 年最早提出叙事主义历史哲学作为英美历史哲学的另一种路径取代思辨的历史哲学和分析的历史哲学,以及将怀特归入叙事主义历史哲学的开创者,见安克施密特:《当代盎格鲁——撒克逊历史哲学的悖论》,《历史与转义:隐喻的兴衰》,韩震译,文津出版社,2005 年,第 51 - 91 页;Ankersmit, F. R.. "The Dilemma of Contemporary Anglo-Saxon Philosophy of History." *History and Theory*. 25.4(1986):1-27.

结构"，即"各种历史著述（还有各种历史哲学）将一定数量的'材料'、用来'解释'这些材料的理论概念，以及用其来具象表现假定在过去时代发生的各组事件的一种叙述结构组合在一起"①。他赋予"叙事"以一种元代码的普遍意义，从 narrative 拉丁词源"了解"（knowing）和"讲述"（tell）的两个含义出发，叙事通过把人类"了解的东西转换为可讲述的东西"将人类经验塑造成能被一般人类文化的意义结构吸收的形式。② 具体到历史编纂学实践，怀特借助俄国形式主义"故事"和"情节"概念的二分法，将历史记述分为代表事件时间顺序排列的"编年史"和话语重组和再现事件的"故事"。从编年史到故事的建构，就是叙事赋予事件意义的过程。怀特尝试概括出这一建构过程的三种解释模式——情节化解释、形式论证解释和意识形态蕴涵式解释。情节化模式指以所讲述故事的类别确定其"意义"，包含浪漫剧、悲剧、喜剧和讽刺剧模式（借鉴弗莱《批评的剖析》中情节结构分类）。形式论证解释指形式的、外在的或推理的论证解释类型，包括形式论、有机论、机械论和情境论模式（借鉴佩珀《世界的构想》中的观念原型）。意识形态蕴涵式解释指史学家预设的特殊立场中的伦理因素，包括无政府主义、保守主义、激进主义和自由主义四种基本立场（借鉴曼海姆对意识形态主要类型的划分）。由上述三种解释模式的特定组合产生特定史学家历史编纂的风格，可选择的亲和关系组合如下：

情节化模式	论证模式	意识形态蕴涵模式
浪漫式的	形式论的	无政府主义的
悲剧式的	机械论的	激进主义的
喜剧式的	有机论的	保守主义的
讽刺式的	情境论的	自由主义的③

但对于单个史学家，这些亲和关系并非完全同一的必然组合。相反，每一个史学大师作品的独特魅力往往源自情节化模式与其不相协调的论证模

---

① 海登·怀特：《元史学：十九世纪欧洲的历史想象》，陈新译，译林出版社，2009年，序言第1页。

② 海登·怀特：《形式的内容：叙事话语与历史再现》，董立河译，文津出版社，2005年，第2页。

③ 海登·怀特：《元史学：十九世纪欧洲的历史想象》，陈新译，译林出版社，2009年，第33页。

式或意识形态蕴涵模式的结合，也是构成其"风格"特征的原因。如米什莱采用的是浪漫式的情节化模式、形式主义论证和自由主义意识形态，而布克哈特选取的是讽刺式情节、情境论论证和保守主义意识形态模式。

更深一层的问题，结构化的叙事阐释模式确定的基础是什么？史学家预设历史研究领域的主导性原则是什么？怀特认为其基础是诗性的，"本质上尤其是语言学的"①。因为史学家的书写实际上是将文献中记载的整组事件预构成一个可能的知识客体的过程，而对他们自身而言并未意识到或反思其行为的结构构成，因而此预构行为是前认知和未经批判的，是一种诗性行为。特征主要表现在隐喻、转喻、提喻和反讽四种基本的诗性语言的比喻类型中。"隐喻支持用对象与对象的关系来预构经验世界；转喻用部分与部分的关系；而提喻用对象与总体的关系。"反讽则是"元比喻式的"，指向关于实在的语言描述自身的荒谬性，规定了一种自我批判的思维模式的语言学范式。借助反讽，思想上的怀疑论和道德上的相对论才得以在文本中显现。怀特用这种解释策略的类型学和比喻理论梳理了启蒙运动之后尤其是 19 世纪的史学思想历程，囊括了从赫尔德、黑格尔、米什莱、兰克、托克维尔、布克哈特、马克思、尼采到克罗齐等主流史学家和历史哲学家的思想史和文本分析。他概括出 19 世纪史学思想整体的"话语传统"，即"从人们对历史世界的隐喻式理解，经由转喻式或提喻式理解，最后转入一种对一切知识不可还原的相对主义的反讽式理解"②。

值得注意的是，怀特的叙事理论与之前史学理论界对叙事的讨论思路不同。怀特从那些讨论中分辨出四种主要倾向：①英美分析历史哲学家从叙事性的认识论角度将叙事作为适于分析历史的解释；②法国年鉴学派为代表的社会科学取向的历史学家，将叙事看作是非科学甚至是意识形态的再现策略；③符号学取向的文学理论家和哲学家，他们把叙事视为诸多话语代码中的一种，可以或不可以适于再现实在；④伽达默尔和利科为代表的诠释学取向的哲学家，把叙事看作一种特殊时间意识或时间结构的话语显现。③ 在传统历史研究领域，叙事仅被看成一种语言自身相关的话语形式，

① 海登·怀特：《元史学：十九世纪欧洲的历史想象》，陈新译，译林出版社，2009 年，第 35 页。

② 海登·怀特：《元史学：十九世纪欧洲的历史想象》，陈新译，译林出版社，2009 年，第 41—43 页。

③ 海登·怀特：《形式的内容：叙事话语与历史再现》，董立河译，文津出版社，2005 年，第 41—43 页。

言说方式(manner of speaking),即怀特特意区分出来的叙述(narration)。其对历史实在的再现要看它的主要目的是描述一个情景,分析一个历史过程,还是讲述一个故事,三者中的叙事比例由低到高,但即使是讲故事也是对叙事内容的真实性之模仿,被当作真实的描述。这也意味着历史事件是被"发现"而非建构的。直至19世纪,叙事一直被看作是以故事作为其特色内容的话语形式,而故事形式源自历史行动者所制定的形式,即历史事件本身自发显现的再现形式。年鉴学派则激烈反对这种政治史为代表的叙事历史,认为其反映的是特殊人物的戏剧性事件,适合于小说的再现方式,是虚妄的谬见。他们以人口统计学、经济学和人种学等"非叙事"工具作为严格"科学的"再现方式取代之前叙事历史的"文学的"再现。同样是反对叙事再现,结构主义和后结构主义理论家却更强调叙事史意识形态话语的一般范式:人类学家列维-斯特劳斯否认了再现"历史的"(或"文明的")社会之结构的模式和研究方法的合法性,认为这种传统的历史编纂学是现代、西方、资产阶级、工业和帝国主义社会的神话,肯定文化的特殊性和偶然性对编年学的作用,提倡一种"非历史"的叙事性在建构各种形式文化生活中的核心地位;巴特则通过揭示叙事再现模式的意识形态功能攻击传统历史编纂学的客观性基础,承认历史话语是一种虚构的阐述,即本质上述行的言语—行为,其目的在于抨击19世纪叙事"现实主义"的"指涉性谬误"。此外,分析哲学家捍卫作为再现甚至解释历史事件的最有效模式的叙事性,但他们只从逻辑学角度讨论句子语词单位以内的构成规则,忽视了诗性或修辞言语中除外部指涉的信息交流功能以外的"表达"(expression)和"意指"(conation)功能。

怀特的叙事理念则表现为第五种倾向,其首要信念是视叙事为实践历史的正当方式,但与拥护叙事性历史的传统观念不同的是并不排斥理论对历史经验研究的重要意义。他赞成巴特的说法:"叙事并不显示,并不模仿……(它的)功能也不是去再现,而是要去建构一种景观。"①不同于分析哲学家对叙事代码认识论方面的述行分析,怀特更关注叙事的诗学的述行范围,即从文学角度探讨叙事对意义产生的建构作用,认为建构过程和赋予事件意义通过选择故事类型并将此故事施加给事件的情节编织方式完成的。但这并不是否认叙事历史具有真值,而是通过承认历史编纂学的文学话语背景重新确认其意义生产体系(编织情节的方式)的文化共通性,亦即历史

---

① 海登·怀特:《形式的内容:叙事话语与历史再现》,董立河译,文津出版社,2005年,第60页。

编纂学与文学和神话共享的意义生产体系是民族、团体、文化之历史经验的精华。历史叙事更类似于讽喻(alllegories,言一物而指他物)的产物,其建构的意义超出对作为实在的事件的字面陈述含义,这也是分析哲学家在叙事解释中一直忽略的部分。怀特更认为从事件或话语事实层面到叙事层面的转变逻辑就是比喻自身的逻辑,即转义的逻辑,此转变是通过把事实置换到文学虚构的层面,亦即将其投射到文学比喻类型的某一情节结构中来实现的。而对于利科"叙事的形而上学"[①],利科将叙事的内容(叙事性)与历史编纂学的终极指涉(历史性)等同,又把历史性的内容等同于一种只能用叙事代码再现的时间结构,容易留下一种叙事再现内在本质是神话式的疑惑。总的来说,怀特从上述历史编纂学的叙事讨论中看出一个问题——所有的讨论涉及"历史"观念本身的模棱两可:此模糊性并非源于词义角度作为研究对象的历史 1 和对该对象进行研究的历史 2[②] 间的重合,而是源于一般人类过去概念既包括"历史的",又包含"非历史的"两种类型间的含混,体现之一即列维-斯特劳斯人类学、民族志等"非历史"模式对西方传统历史编纂学"历史"研究方式的挑战。与"历史"词义的模糊性相似,"叙事"概念既是一种话语模式、一种言说方式,又是使用这种话语方式再现事件的产物,"具有特定语言、语法和修辞特殊的话语,也就是叙事历史"由此而来。[③] 怀特认为之前讨论冲突的原因即在于对言说方式和由其表现产生的再现模式区分的困难。

怀特历史诗学代表的叙事转向实际上是对传统历史编纂学——兰克科学史学的客观主义历史再现模式的纠偏,也是以一种作为理论的"文学的"(修辞学)视角介入历史哲学重构叙事历史的结构和深层认知意义。与之前叙事研究的分析哲学家不同,他未局限于历史本体的认识论,而直接转向作为文本的历史编纂学以及其语言学本质。他的理论出发点聚焦在历史学家和历史哲学家历史著述背后的结构、形式类同点,旨在以叙事视角主义解释、弥合两者间的差异,已经具有多元主义的后现代倾向。在其理论指引下,历史叙事作为文本主义、语境主义的文学性存在重新回归克利奥缪斯女

---

① 海登·怀特:《形式的内容:叙事话语与历史再现》,董立河译,文津出版社,2005 年,第 69-75 页。

② "历史"概念的多义性见 Atkinson, R. F.. *Knowledge and Explanation in History:An Introduction to the Philosophy of History*. London and Basingstoke:The Macmillan Press,1978:10.

③ White, Hayden. "The Question of Narrative in Contemporary Historical Theory." *History and Theory*,23.1(1984):1-33.

神的怀抱,对启蒙运动以来科学主义历史观念构成强烈的冲击。正如克里斯沃尔茨对跨学科叙事转向目的的评述:"这种对解释和理解叙事形式的沉迷既是一种对当前反基础主义、后结构主义和后现代主义氛围的回应,又是对真理符合论的瓦解,之前处于支配地位的逻辑—演绎及理性和知识霸权模式的颠覆和攻击的回应。"①

第二节　话语中的转义——历史编纂学的修辞转向

让我们先感受一下约翰·赫伊津哈(Johan Huizinga)的《中世纪的秋天》的第一章《生活的激情》中的中世纪场景:

那时的冬夏差别比现在强烈,白昼与黑夜、安静与嘈杂的反差同样强烈。现代都市不知漆黑的夜晚为何物,也无法体会真正的万籁俱寂,亦不能体会一盏孤灯的昏暗,更不能察觉远方传来的孤零零的人声。万千气象以连续不断的反差和色彩斑斓的形态有力地影响着人们的头脑,日常生活接受着各种各样的冲动和富有激情的暗示,显示大起大落的情绪,不加修饰的热情、突发的残忍和温柔的情感,中世纪的生活就是停留在这样的氛围中。……这是一个邪恶的世界。仇恨和暴力的烈火熊熊燃烧。邪恶气焰嚣张,魔鬼黑色的翅膀犹如乌云蔽日。世界末日指日可待。但人们还是不思悔改,教会苦苦挣扎,牧师和诗人发出警世危言,哀叹世风日下,却徒劳一场。②

赫伊津哈以细腻的笔触描绘了为世人所不知的中世纪多彩的社会生活画卷,单以其文学修辞笔法来看,就很难区分其历史作品与小说的差别。这种对修辞的重视,在19世纪现代学科建制之前的历史书写和广义的文学作品中普遍存在,修辞本身就是知识技艺的一种。

修辞在知识系统中的地位随着其和真理(或实在)关系的历史演变而变动,最终被视为一种非科学的文学因素而被排除出现代知识型。古希腊时,

---

① Kreiswirth, Martin. "Trusting the Tale: The Narrativist Turn in the Human Sciences." *New Literary History*, 23.3(1992):634.

② 约翰·赫伊津哈:《中世纪的秋天:14世纪和15世纪法国与荷兰的生活、思想与艺术》,何道宽译,广西师范大学出版社,2008年,第2页。

修辞用于公共场合说服和论辩的言辞活动,相当于说服术或雄辩术。柏拉图攻击诡辩派时否定修辞学在认知和伦理上的功能,批评修辞学家缺乏对真理的认识,只提供表面而并非真实的智能,并将其比作类似于烹饪术和化妆术的欺骗性谄媚形式。① 对于柏拉图,修辞与诗歌都是真理和理性的偏离,虚假而败坏人心,属于批判的对象。从柏拉图起,修辞、文学与真理对立的观念开始在西方知识界流传。与柏拉图不同,亚里士多德主张修辞具有"发展判断与实践智慧","有助于合作的商议与反思性探究"之类的合理性②,并且修辞证明属于推理论证,"我们把推理论证称为修辞演绎,把例证称为修辞归纳"。③ 普罗泰戈拉更是从真理的相对性上解释修辞中出现的对立现象,以论证修辞可以归入真理的视域。这样,修辞就以"可能性"为论说基础,与"逻辑/科学"语言的"必然性"原则构成了冲突,"两者的对立也成为西方思想史里最基本的争论点之一,也是为什么所谓'求真'的传统必定要多方打击'修辞'的基本原因"④。17 世纪,随着笛卡尔为代表的新科学和理性主义的崛起,知识领域对修辞的敌视表现得更为突出。笛卡尔声称科学需要的仅仅是论证的效力,而非修辞的操纵,知识生成更需要区隔那些清晰的概念和那些模糊不清的(词语等)。培根和牛顿也相继攻击修辞导致谬误和迷信的作用,希望以一种源自自然世界的普遍性语言代替现有语言以避免对真理的歪曲。18 世纪,孔多塞等启蒙思想家主张清除修辞和语言的"玷污"功能以净化实验科学,寻求科学语言的准确性。早期的科学家甚至寻求建立一种普遍的、描述性的元语言以避免日常语言的不准确和修辞的误导。⑤

　　现代知识型之所以排斥修辞和语言,从思想根源看主要是因为实在论的本体观念和实证主义的再现目的,体现在各类知识以"科学"为类比建立

---

① 戈尔德希尔,奥斯本:《表演文化与雅典民主政制》,李向利,熊宸译.华夏出版社,2014 年,第 276 页。

② Jost, Walter, Hyde, Michael J.. Ed. *Rhetoric and Hermeneutics in Our Time*, New Heaven: Yale University Press, 1997:3. 转引自周建漳:《真理与修辞》,《科学·经济·社会》,2013 年第 3 期,第 18 页。

③ 亚里士多德:《修辞术·亚历山大修辞学·论诗》,颜一,崔延强译,中国人民大学出版社,2003 年,第 10 页。

④ 高辛勇:《修辞学与文学阅读》,北京大学出版社,1997 年,第 120 页。

⑤ Ward, Steven C.. *Reconfiguring Truth: Postmodernism, Science Studies, and the Search for a New Model of Knowledge*. New York and London: Rowman & Littlefield Publishers, 1996: 8–11.

自身学科的职业化和专业化基础。以历史研究为例,遵循兰克科学史学传统的历史学家大都相信世界是一种独立于人的思维和感知而存在的实体,似乎在某处等着我们去"发现",像发现科学真相一样去寻求历史事实。1900 年"第一届国际历史学者大会"的开幕会议上,一位法国史学家告诫同行:"我们要事实、事实、事实——它们本身就含有教育和哲理。要真相,全部的真相,除了真相其他一概不要"①。客观的事实,是历史自 19 世纪现代学科建制后所确定的科学化目标之一。甚至兰克的"如同实际所发生的那样"(wie es eigentlich gewesen)到英语学界变成"如实直书",被推崇为历史学科的座右铭,更加刻意地强调其客观性和科学性。这种本体观念自然造成了认识对象(世界)与认识工具(语言)之间的分离,修辞和语言因其话语形式和意识等人为因素显然归入非科学知识类别。另一方面,实证主义者相信可以通过排除偏见的理性活动以一种完全客观的方式趋近于事实或真理。他们认为客观事实可以被准确再现,只要方法得当,坚持价值无涉的判断原则。这种理想主义的再现追求,无疑会将修辞视为一种说服的言辞策略,将语言视为混杂的模糊的手段,寄希望于清除它们对客观性认识的阻碍。

20 世纪 60 年代以来的人文社会科学领域中"语言学转向"则重新将人们的视线转向语言,转向修辞,重新恢复修辞在认识和再现世界中的地位。此现象也被称为"修辞转向",和"叙事转向"等说法一起共同被作为人文社会科学后现代主义转向的表现,一种后现代知识生产的象征。怀特的历史诗学就非常典型地体现了这种修辞转向。

一、修辞与话语、转义

怀特的《元史学》,被学界认为是历史研究"语言学转向"的主要标志。但怀特本人更习惯使用"话语转向"(discursive turn)来描述,"我所做的是把这些通过大家承认的确立语言为基础的过程以革新研究对象的学科看作是话语,但在表达或阐述上更倾向于修辞,而非语法"②。也就是说,怀特选用"话语",侧重于它的"更多的人文主义,实践—伦理(practico-ethical)意蕴",

---

①　乔伊斯·阿普尔比,林恩·亨特,玛格丽特·雅各布:《历史的真相》,刘北成,薛绚译,上海人民出版社,2011 年,第 66 页。

②　Doran, Robert. Ed. *Philosophy of History After Hayden White*. London /New York: Bloomsbury, 2013:12.

而不是围绕语言本身,或语法(形式或结构)。① 将历史编纂学的研究对象界定为历史话语,从"话语"本身的语言、文学属性进行历史理论或历史哲学研究,构成了怀特历史诗学的理论前提。其"话语"概念取自文学领域,按怀特的说法是因为"文学理论在现代语言学理论的基础上详尽阐述了话语的某些一般性理论,这些理论可以用来分析历史写作并识别其特别的'文学的'(即诗的和修辞的)各个侧面"②。他想提醒人们注意的是"现代文学理论"(怀特 20 世纪 80 年代左右写作时借鉴的形式主义和结构主义文论)提供的"文学性"(literariness)等概念带给历史研究一个重要的启发:语言形式本身也是内容,和表示事实、概念等内容一起构成了话语整体。这就意味着以往以再现事实为目的的历史写作仅仅执着于文字的字面本义,忽视了修辞、风格等话语特征对"事实"的建构作用。这样,回归话语,就不再把传统史学优秀作品的文学特征(通常意义上的文史不分家,历史书写同时也是文学作品)视为附带的"衣衫",而是"认可人们像在虚构性散文中一样地在历史编纂的散文中去寻找和分析比喻因素的功能"。认同了话语,就意味着对话语中修辞本体和认识功能的承认,而不是仅仅视其为优美的言辞或别有意蕴的语言技巧。

怀特的修辞观念也正是围绕文学层面的话语特征,具体表现为转义理论。最初,在《元史学》中怀特提出了"比喻理论"来指称诗性语言或比喻性语言中的四种比喻类型——隐喻、转喻、提喻和反讽的解释范式。其后《话语的转义》文集更准确地将其修辞理论取向定义为"转义",怀特详细追溯了"转义"(trope)概念的词源和含义:

转义(trope)一词源于 tropikos、tropos,在古典希腊语中的意思是"旋转",在古希腊共通语中的意思是"途径"或"方式"。它通过 tropus 进入现代印欧语系。在古典拉丁语中,tropus 的意思是"隐喻"或"修辞格",在晚期拉丁语中,特别是在被运用于音乐理论的时候,tropus 的意识是"调子"和"拍子"。所有的这些意思都沉淀在早期英语 trope 一词中,获得了相当于现代英语中的文体(style)这一概念的力量。文体这一概念特别适合于描述那种语词构成形式,为了使这种语词构成形式既区别于逻辑证明又区别于纯粹

---

① Doran,Robert. Ed. *Philosophy of History After Hayden White*. London /New York: Bloomsbury,2013:18.

②③ 海登·怀特:《"描述逝去时代的性质":文学理论与历史写作》,见拉尔夫·科恩主编:《文学理论的未来》,程锡麟等译,中国社会科学出版社,1993 年,第46-47 页。

虚构,我们不妨称之为话语(discourse)。①

　　按怀特上述古典修辞学的释义,选用"转义"是因为其具有"文体"概念的内涵,适合描述一般性的"话语"形式。更为重要的是,转义概念与修辞学传统中的合理的表现形式不同,倾向于语言的创造性运用,实际上体现为一种话语的机制,这是怀特借用"转义"概念取代"比喻理论"或修辞理论的主要原因。在修辞学观念中,"转义通过与人们'通常'期望的有所不同,通过在人们通常认为没有联系的地方建立起某种联系,从而产生修辞格或思想"②。因此,转义表现为事物之间关联的观念转化形式,"一种从有关事物关联方式的一种观念向另外一种观念的运动"③。同理,转义就成为话语运转的机制,也是一种动态的意义阐释机制,按怀特的说法"转义就是话语的灵魂"。对于怀特的历史诗学理论,转义机制就是其追求的文学和语言学意义上的目标规则。

　　作为话语的机制,转义就不局限于传统修辞学观念里的修辞格等语言技巧,而是在认知和阐释层面的语言学模式。当然,怀特特将其含义和解释效力局限在"诗性思维"的文学话语范围内,没有走丹图等分析哲学家严格的语言哲学路径。这是因为怀特理论最主要的思想来源都是在人文和文学领域,转义或比喻理论以及诗性思维可以追溯到维科的《新科学》。维科对原始人的"诗性逻辑"的隐喻本性的阐述,即人类理解事物并生成知识的根源是一种命名客体的过程,通过"把所感觉到的,用来描述熟悉事物的特性投射到陌生事物上去"人类经由对实体的命名"从而理解自己周围和内部世界的客体和过程的运作"。这种隐喻代表的转义行为赋予语言以阐释和建构效力,"言语本身提供了阐释文化现象的钥匙,也提供了用来描述某个特定文化的诸发展阶段的范畴",进而提供一种"诠释学原则"④。怀特认为,维科转义理论的意义还在于他将转义分析(转义类型间的转换)与意识和社会的转变进行了严格的类比,以语言模式来解释社会实在的变迁。转义,其

---

①　海登·怀特:《话语的转义——文化批评文集》,董立河译,大象出版社,2008 年,第 2 页。

②　海登·怀特:《话语的转义——文化批评文集》,董立河译,大象出版社,2008 年,第 2 页。

③　海登·怀特:《话语的转义——文化批评文集》,董立河译,大象出版社,2008 年,第 3 页。

④　海登·怀特:《话语的转义——文化批评文集》,董立河译,大象出版社,2008 年,第 219 页,第 217 页。

积极的语言学意义也正是在于实在的关联中得以确认,其"诗性逻辑"的人文观念和方法也不同于古典哲学中的理性的"逻各斯"。怀特和维科都是从主流知识体系之外的未明之处或"异端"着手探索自己的理论建构,也可以说他们以一种文学的或人文的思维方式挑战了理性的、"科学"的逻各斯范式。

二、转义:思维修辞的解释机制与想象性的建构行为

怀特在给《历史科学基本概念辞典》撰写"转义"(trope,中译本译为"转喻")词条时,将转义结构与语言修辞和思维修辞的类别等同,同时明确指出"修辞"和"转义"概念的不同:前者是"一种修辞手段",如"贵族""资产者"及"无产者"的描述;后者指"艺术加工""贬值""推延"和"评价"等关联活动。① 其区分和著作中的修辞分析例子实际上强调转义是一种思维修辞的解释机制,转义分析是对历史文本"在语言上的无意识性"的挖掘,"以便超越历史编纂者为描写其研究对象、并在描述中构建历史事件顺序而使用的语言,发现其他可能的意义"②。这种思维修辞的解释是对文本话语潜在意义的发现,即历史学家诗性思维模式不自觉呈现为文体形式的类型学解读,也是一种"预构"(prefiguration),一种非本体意义上的文本主义阐释。另一方面,对于历史和书写历史的编纂学家,转义还意味着一种想象性的建构行为,渗透着作者对人类事件理解、想象和阐释的主体意识投射,是一种带有选择性的"预构"的"实现"(fulfillment)过程,事件从而被建构为"事实"。

转义理论及怀特历史诗学首先建立在文本主义的基础之上,是对文本之所以形成现时状态的解读,而非直接针对历史事件本体的评述。怀特理论之初就将研究对象集中在历史学家和历史哲学家的著作,并将其看作"叙事性散文话语为形式的一种言辞结构"③,侧重历史话语与文学叙事作品的共性特征,从而为引入文学和语言学理论做好了必要的准备。他多次强调历史(过去)、历史编纂学和历史哲学研究对象的不同,将广义的历史编纂学(史学)限定为历史的文本表述形式——历史学家关于过去所写作的话语,与历史学家的研究对象——过去不一致,而他的历史哲学则主要是对历史

---

① 斯特凡·约尔丹主编:《历史科学基本概念辞典》,孟钟捷译,北京大学出版社,2012年,第294页。

② 斯特凡·约尔丹主编:《历史科学基本概念辞典》,孟钟捷译,北京大学出版社,2012年,第294页。

③ 海登·怀特:《元史学:十九世纪欧洲的历史想象》,陈新译,译林出版社,2009年,《导论》第2页。

编纂学的研究。也就是说,他的历史编纂学(historiography)概念恢复了原初本有的修辞、书写内涵,即历史编纂文本(historiographical text)先于史学的意义,从文本优先的观念来解读,而非是传统史学宣称的对历史本体的直接研究。文本主义的观念甚至已经贯穿到怀特整个历史思想体系,成为其历史观念的前提。他肯定巴赞"严格说来历史只能是被阅读的"看法,认为"'历史'不仅是指我们能够研究的对象以及我们对它的研究,而且是,甚至首先是指借助一类特别的写作出来的话语而达到的与'过去'的某种关系"①。这种文本主义取向对实证主义史学构成了挑战:那种历史实体正在某处等着被发现的假设变为只能通过史学家等人的文本来触及历史事实;史学家那种通过摒弃主观意识并寻求更多档案以无限接近历史的自信受到了文本的意义建构功能的打击。

(一)作为思维修辞的解释机制的转义及其意义

"人所能知者,必先已入梦",怀特引用巴什拉《火的精神分析》中著名的箴言作为《元史学》的开篇,意在提示诗性预构先于理性阐释。这种预构,就是思维修辞的解释机制,也就是转义。以转义来解释认知、思维的想象性关联,也暗合了巴什拉和维科在科学知识认识论断裂之处提出诗性逻辑的价值的做法,更是将诗性逻辑具体化为修辞类型,从文学的层面弥合科学主义认识论和实证主义方法论无法回避的含混和障碍。在《元史学》中,怀特将情节化模式、论证模式和意识形态蕴涵模式组成的叙事阐释的深层意识结构归为四种比喻类型——隐喻、转喻、提喻和反讽。他把这四种比喻作为思维模式的语言学范式,指向思想的多种可选择的解释范式。其中,"隐喻是表现式的,如同形式论所采取的方式;转喻是还原式的,有如机械论;而提喻式综合式的,一如有机论。隐喻支持用对象与对象的关系来预构经验世界;转喻用部分与部分的关系;而提喻用对象与总体的关系。每一种比喻也促进一种独一无二的语言规则的形成。这些语言规则可称为同一性语言(隐喻)、外在性语言(转喻)和内存性语言(提喻)"②。同时,怀特还将19世纪欧洲主流史学思维模式背后历史想象的深层结构总结为一个话语传统内部的转换——"从人们对历史世界的隐喻式理解,经由转喻式或提喻式理解,

① 海登·怀特:《"描述逝去时代的性质":文学理论与历史写作》,见拉尔夫·科恩主编:《文学理论的未来》,程锡麟等译,中国社会科学出版社,1993年,第43页。
② 海登·怀特:《元史学:十九世纪欧洲的历史想象》,陈新译,译林出版社,2009年,《导论》第41页。

最后转入一种知识不可还原的相对主义的反讽式理解"①。由此,怀特对19世纪历史哲学和历史学两个领域内思想的变迁进行梳理,得出的结论是:历史哲学从黑格尔经马克思和尼采到克罗齐的进展,与历史学中米什莱起始经兰克和托克维尔到布克哈特的观念演变同样沿袭了从隐喻经由转喻或提喻到反讽理解模式的闭合型发展。这种结论弥合了历史学和历史哲学由来已久的敌对,从语言的认知模式层面将它们整合在一起。它们之间的区别转化为转义显现程度的差异:"在历史哲学中,话语中的比喻因素被提到了文本的表面,通过抽象被形式化,并被视为一种'理论'来指导对事件的研究和再现;而在历史叙事中,比喻因素被移置到话语的内部,在读者的意识中模糊地成形,成为'事实'和'解释'在互补关系中相结合的基础。"②这也就解释了历史学家观念上更保守更缺乏批判自觉性的部分原因,在话语运用上他们不如历史哲学家表述清晰,没有意识到其语言本身对话语方式、题材和意义的决定作用,也证明了历史作品的话语属性更类似于文学叙事作品。

作为解释模式的转义还对历史研究认识论方面的革新具有重要意义。首先,转义理论从话语层面确立了历史研究中叙事的认识论地位。分析的历史哲学内部长达四十年的论争中叙事问题曾经成为一个焦点,到20世纪70年代时实证主义者和唯心主义者大致达成了妥协,认为叙事不同于自然科学中的逻辑阐释方式,但用于历史编纂在一定方式的作用下具有适当的阐释效力。这种共识仍是种科学主义的观念,忽略了叙事本身非科学性(修辞性、话语性等文学性特征)的一面。此外,到80年代,巴特、克里斯蒂娃、德里达和科恩等人对叙事性话语持贬低态度,或认为其是"现代神话",或描述为人类学科中理论思考的主要障碍,而支持叙事的斯通、拉卡普拉、詹姆逊和利科等人则纷纷从各自观点为叙事在现代思想中的合法地位辩护③。怀特转义理论的提出则从话语层面重新承认了叙事不可或缺的认识论价值:四种比喻类型预示着历史话语的结构化叙事阐释模式,其预构过程正是讨论范畴、事物、行为等话题间关联关系的一般性认知过程,其语言修辞特性紧密附属在话语表现之中,因而叙事无法与话语分离,也不能抽象地抬高

① 海登·怀特:《元史学:十九世纪欧洲的历史想象》,陈新译,译林出版社,2009年,《导论》第43页。

② 海登·怀特:《话语的转义——文化批评文集》,董立河译,大象出版社,2008年,第124页。

③ 海登·怀特:《"描述逝去时代的性质":文学理论与历史写作》,见拉尔夫·科恩主编:《文学理论的未来》,程锡麟等译,中国社会科学出版社,1993年,第68-69页。

到存在、时间等层面。由此,怀特树立了叙事的认识论地位,既反驳了反叙事论者,又纠正了叙事论者的观点,"叙述并非是对我们通过知觉获得的那个'现实'的一种歪曲变形(即巴尔特所说的'神话'),也不是关于存在的形而上学根据的一种灵光一闪的显现(即利科的'时间性结构'),而是语言的转义法的诸多可能形式之一通过话语形式而得到体现"①。其次,转义理论挑战了历史再现中的真实性问题,构成了一种比喻实在论的解释。传统史学研究范式建立在客观再现实在的认知上,相当于对怀特所称的字面言语(literal speech)、指称性话语(referential discourse)和事实性散文(factual prose)的再现形式的追求,却忽视了话语整体所具有的比喻言语(figurative speech)、非指称性话语(nonreferential discourse)和虚构性散文(fictional prose)等文学话语特性。② 转义正是在重申后者的意义上审视"崇高的客观性"问题,揭示了史学范式"实在""真实性"等都是通过不同修辞策略建构出来的事实,也提出了语言导致的再现的相对性问题。这样一来,"客观""事实"变成历史"事件"的语言建构成果,作为过去的历史成为修辞策略选择之后的阐释的可能对象,对史学传统认识论打击很大。但是,怀特坚持转义理论并不否认"话语外(extra-discursive)实体的存在或者我们在言语中指称和表现它们的能力",只是认为"语言的指称性和表现方式比语言和话语旧的、本义论的观念所理解的复杂得多"③。也就是说,他不反对实在论,只是反对简单再现的实在论,支持转义模式的比喻实在论对传统史学范式的矫正和补充。

(二)作为想象性建构行为的转义及其意义

转义,在怀特历史诗学理论提出之初是以比喻类型论方式分析历史作品背后潜在的意义,后侧重强调其作为转义的修辞机制一面,比较拘泥于事后的文本解读模式。然而,随着理论的扩展,怀特赋予转义以更加主动的主体建构功能,对历史编纂学的再现活动做出了迥异于传统史学范式的解答,极大地挑战了历史书写实践的基本观念。转义,更大程度上是作为一种想象性的建构行为,渗透着作者对人类事件理解、想象和阐释的主体意识投

---

① 海登·怀特:《"描述逝去时代的性质":文学理论与历史写作》,见拉尔夫·科恩主编:《文学理论的未来》,程锡麟等译,中国社会科学出版社,1993 年,第 72 页。

② White, Hayden. *Figural Realism: Studies in the Mimesis Effect*. Baltimore & London: The Johns Hopkins University Press, 1999:16.

③ 海登·怀特:《"描述逝去时代的性质":文学理论与历史写作》,见拉尔夫·科恩主编:《文学理论的未来》,程锡麟等译,中国社会科学出版社,1993 年,第 65 页。

射,是一种带有选择性的"预构"的"实现"(fulfillment)过程。

首先,怀特将转义置于"事件"再现为"事实"的建构过程,是一种比喻思维模式的选择行为,但不构成对历史实在的否定。怀特赞成丹图"'事实'是'置于描述之下的事件'"的看法,也吸收了巴特"事实只是一种语言学的存在"的观点。他认为作为实在形式和目标出现的"事实"具有双重含义:一是"事件"的含义,即对其发生的认识是实在的还是虚构的;二是"关于事件的判断"的含义,即对其相关评判是真实还是虚假。"事件必须被认为是给定的;它们无疑不是被历史学家建构的。而'事实'却不同,它们是被建构的:在证实事件发生的档案里,被评论事件或档案的那些感兴趣的当事者,和有志于对过去'确实'发生之事做'真实'说明并将其与可能仅仅'似乎'发生过之事相区分的历史学家建构出来。"①因此,历史实在被怀特表述为"事件"或过去,叙事和阐释过的事件才是"事实"。通过区分"事件"和"事实",进一步解释了巴特"事实只是一种语言学的存在"的观点,并避免了巴特引语中的语言决定论倾向。从此意义上看,作为语言学模式的转义也正是参与了对"事实"的建构,而非虚假地歪曲"事件"为基础的历史实在。同时,也揭示了传统史学范式宣称的"事实"(fact)、"真实"(true)等理念都是话语建构的产物,为转义代表的比喻的(the figurative)再现类型的复归开辟了道路。

其次,怀特认为建构"事实"的过程是一种赋予事件意义的转义行为。传统史学范式或社会科学范式都是通过强调本身对事件的本义描述(literal description)来排除事件的"错误"或"比喻性"(figurative)修辞特征,其实践是种"去比喻化"(defiguration)的活动。比喻主导的修辞描述往往被当作对社会现实的错误再现,被斥为虚构的、意识形态的。然而,怀特认为这种表面的去比喻化活动实际上是"再比喻化"(refiguration),因为过去实在的事件无法直接感知,研究者接触到的知识是已经被比喻化(enfigured)的形式,如报告、证词、档案、传闻等证据。② 这种"再比喻化"就是思维模式层面的转义,是"关于话语的比喻和字面维度关系的理论",能够"作为探究方法的基础为建构研究者自身话语提供帮助,这类话语既是事实的报告,又是它们自

---

① White,Hayden. Response to Arthur Marwick. *Journal of Contemporary History*,30. 2 (1995):238−239.

② White,Hayden. The Real, the True, and the Figurative in the Human Sciences. *Profession*,92(1992):15.

己意义的解释"①。也就是,转义已经成为阐释者主体的选择行为,按怀特的话属于阐释者自身的问题(a problem of interpreters),而不仅仅是他们面临的问题(a problem for interpreters)。这种选择,即"我们应该运用哪种模型来标示出一般的意识问题,并构成进入这一问题的路径",其应该是"自觉的,而不是无意识的,而且这些选择应该是在对人性有充分理解的情况下做出的"②。

第三节　重审"诗史之辨":学术后现代视域中的"文学转向"

文学和历史在知识体系中的关系一直处于变动的状态:西方古典诗学在哲学的言说框架中预设了哲学对文学和历史的优先性,据此亚里士多德最早提出"诗史之辨"的论题,将诗的地位抬高至史之上;随着启蒙运动历史理性的兴起,尤其是黑格尔对历史的进化论、目的论的和客观性特征的强调,美与艺术从属于历史理性,诗被视为历史的产物,甚至现实主义文学以客观再现历史为第一要义;20世纪时,受索绪尔的语言学革命引发的"语言学转向"影响,以语言和写作为中心的文本诗学则挑战了之前的哲性诗学传统,在巴特、怀特及新历史主义者看来历史开始等同于文学。③诗和史间论争的原因很大程度上应归于知识领域主导文化变迁和学科制度专业化进程的影响,是在具体的历史语境中形成的。例如亚里士多德的文学和历史观念对应的是当时希腊诗歌和历史书写实践,其哲学理性主导的诗学、历史观念都与同时代的波斯史学和犹太史学的思想基础不同。就历史学科而言,19世纪现代史学的奠基者兰克在当时科学文化的影响下试图将历史塑造为一种"人类科学",在大学知识系统中成为独立的学科而存在,脱离哲学的统率。为此,他将历史主义树立为史学的方法论和认识论基础,同时斥责修辞、虚构等文学性成分为历史科学化进程上的障碍。文学实际上被视为现代学科建制中科学知识的对立面,想象性、虚构、叙事、修辞都被当成前学科

---

① White, Hayden. The Real, the True, and the Figurative in the Human Sciences. *Profession*,92(1992):17.

② 海登·怀特:《话语的转义——文化批评文集》,董立河译,大象出版社,2008年,第27页。

③ 汪正龙:《西方诗学中的"诗史之辨"及其理论思考——兼谈西方诗学从哲性诗学到文本诗学的转变》,《江海学刊》,2000年第5期,第183-187页。

元素而被排除出极力彰显自身社会科学属性的历史学科。因此,当考察怀特历史理论的诗学路径时,有必要从"诗史之辨"这个基本命题来理解其理论背后的文化取向和学科知识重构的原因,从而更容易地理解其代表的文学转向在学术后现代氛围中的意义和价值。

"诗史之辨",源自西方古典诗学和哲学理论关于文学(诗)和历史地位的论辩。亚里士多德在《诗学》中提出历史学家和诗人的区别不在于是不是格律文,而在于"前者记述已经发生的事,后者描述可能发生的事"。在此基础上,他得出结论:"诗是一种比历史更富哲学性、更严肃的艺术,因为诗倾向于表现带普遍性的事,而历史却倾向于记载具体事件。"①亚里士多德实际上以"是否反映可然率和必然律"为标准来区分文学和历史,从而得出"诗高于史"的结论。他观点的前提是在对实在内容的再现方面的模仿论以及符合论的真理观:如何再现活动都是一种对实在的模仿以符合真理。"模仿论要解决的作者与世界的关系问题,它确立了作者对世界普遍本质的依从性,对应于形而上学的知识论;真实论谈论的是作品与普遍世界的关系是否具有相似性、合理性。"②诗和史,不根据其表现形式(韵文与否)而依据其表现内容(对实在的描述)来判断它们与真理的符合程度。诗,因为可以表现可能发生之事和必然发生之事呈现出规律或逻辑地位高于历史。史,由于受表现题材——已经过去的具体事件所限无法描述可能或必然之规律,所以居于诗之下。

亚里士多德关于诗和史的观点流传甚广,加上真理符合论、模仿论等思想基础,对西方整体的知识体系的确立影响很大。在史学领域,现代史学范式的奠基者兰克及其继承者总体上也是按照亚里士多德关于历史知识的具体性和特殊性的界定规划其研究范围和方法。他们坚持历史与普遍性规律的分离,在反对黑格尔决定论的思辨历史哲学的历史主义运动中树立"历史主义"在历史学科中的认识论和方法论地位。德国历史学家的历史主义(德

① 亚里士多德:《诗学》,陈中梅译注,商务印书馆,2014 年,第 81 页。
② 汪正龙:《西方诗学中的"诗史之辨"及其理论思考——兼谈西方诗学从哲性诗学到文本诗学的转变》,《江海学刊》,2000 年第 5 期,第 184 页。

文 Historismus,英语中常译为 historism),与黑格尔的历史主义(historicism)①
不尽相同,其发端于 18 世纪德国史学家赫尔德和洪堡,兰克是其集大成者。
关于"历史主义",有多种不同的说法,但是通常都是从德国历史主义的意义
来谈,是人文社会科学中最广为接受的一种观念和实践。这种历史主义"强
调特定事物之间的本质差异(即独特性);认为作为这本质差异之原因的更
大层面的发展是累积的,不可逆转的,但都不是预先注定的(即发展性);坚
持主张历史上特定人物的非理性主观动机是差异和发展性得以产生的主要
原因(主观主义)"②。在实践中,兰克史学突出史料的基础性作用,强调第一
手史料的掌握和运用:只有拥有了尽可能多的同时代或接近此时代的第一
手史料,才能进行史料考证,最大限度地接近特殊的历史事实,达到"如实直
书"的历史编纂目的。同时,其反对启蒙哲学家关于历史朝终极理性目标迈
进的线性历史观念。兰克强烈批评此种进步论:"前代人本身无意义,其作
用仅在乘启后代而与上帝没有直接的关联。如果这种观点正确的话,岂不
意味着上帝的不公平?""诚然,我们承认历史上存在着某种进步,但是,我认
为,历史的进步不是一种呈直线上升的运动,而更像是一条按其自身方式奔
腾不息的长河。我认为,万物的造主俯瞰着整个人类的全部历史并赋予各
个历史时代同等的价值。"③为此,他提出"每个时代都直接与上帝相关联"的
口号,意在建立每个历史时代自身存在的特殊性和合理性,评价历史时根据
当时人们的感知能力而不是现时的价值理念。在坚持历史主义在学科中的
认识论和方法论地位的同时,现代史学范式还建立在亚里士多德式的真理
符合论、模仿论的思想基础之上。其以客观性为准则,相信通过摒弃主观价
值判断就可以反映真实,达成史学家的陈述与事实间的符合关系。客观性
甚至成为史学家的一个情感问题,"涉及的最大的问题是他们献身的这项事

---

① 黑格尔的历史哲学受赫尔德等人的历史主义影响,被柯林伍德推崇为赫尔德开
创的历史学运动的最高峰,也被波普尔称为"全部当代历史主义的源泉"。但是,其历史
主义为历史决定论,即波普尔在《历史主义贫困论》中批判的那种历史主义,"理论历史
学"中代表性的预示历史未来进程的目的论方法。尽管黑格尔对历史的认识包含了发展
变化和过程的意识,其唯心主义的目的论和决定论思想偏离了历史主义原初意义。参见
宋友文:《历史主义与现代价值危机》,人民出版社,2012 年,第 52—53 页。卡尔·波普
尔:《历史主义贫困论》,何林、赵平译,中国社会科学出版社,2014 年。

② 戴维·米勒、韦农·波格丹诺:《布莱克维尔政治学百科全书》,中国政法大学出
版社,2002 年,第 325 页。转引自宋友文:《历史主义与现代价值危机》,人民出版社,
2012 年,第 9 页。

③ 利奥波德·冯·兰克:《历史上的各个时代》,北京大学出版社,2010 年,第 7—8 页。

业意义何在,面对这个问题的回答又在很大的程度上牵涉他们对自己人生意义的看法"①。这种对客观理性的信仰使他们恐惧任何有非理性成分的知识内容,比如修辞、虚构及整体的文学知识。在专业训练中,科学话语作为史学家的范本,"全知叙述者的超然语气"即那种"19世纪现实主义小说惯用的、仿效科学家实验报告的那种语气"②被视为规范。

怀特历史理论的诗学路径,从话语层面将历史类同于文学,在方法论和认识论上重构了历史与文学的关系。将叙事和修辞重新引入历史编纂学理论,代表了叙事主义历史哲学和修辞取向的历史编纂学的新进展,又代表了历史知识领域文学的复归。叙事转向和修辞转向,在怀特历史诗学中可以整合为一种共同的趋势——"文学转向"。原因在于:一是叙事、修辞被怀特作为文学性特征,其中既有古典修辞学理论,又含有结构主义叙事学和语言学基础;二是叙事和修辞是怀特历史诗学理论的结构化的有机组成,叙事为表现,修辞则为内在机制,两者互相融合;三是怀特历史诗学整体对文学文化的强调,不仅是兰克等人树立的史学范式所排斥的非理性、非科学的文学审美元素的回归,而且主张了一种以现代主义和后现代主义文学观念来重新思考再现历史的可能性。

然而,怀特的"文学转向"中的文学色彩并没有在历史学科中被重视,而被当作"语言学转向"的表现。其原因也应置于学科知识背景中考虑:分析的历史哲学内部唯心派和逻辑实证主义者长达四十年的论争开启了对叙事的关注,但怀特的叙事观点源于文学而并非利科式的叙事解释;安克斯密特最早将其理论命名为叙事主义历史哲学,但从分析的历史哲学理论体系出发认为其是利科等人叙事解释传统的延续,并按哲学认识论转向的视角将怀特历史诗学归因于哲学界语言哲学转向的成果。安克斯密特的说法影响甚广,历史学界既受其影响又难以接受文学文化的强势复归,倾向于用更加普遍和中性的语言学转向概念来描述怀特的贡献。因此,从文学转向的视角重审怀特历史诗学也具有反思学科文化的意义。实际上,怀特历史诗学路径代表的和引发的种种转向,无论是称为叙事转向,修辞转向,还是语言学转向,都不能整体上阐明它们背后人文社会科学复杂的学科互涉现象及学术文化变动。正如克里斯沃尔茨在研究20世纪80年代起始的叙事转向

---

① 彼得·诺维克:《那高尚的梦想:"客观性问题"与美国历史学界》,杨豫译,三联书店,2009年,第15页。

② 乔伊斯·阿普尔比、林恩·亨特、玛格丽特·雅各布:《历史的真相》,刘北成、薛绚译,上海人民出版社,2011年,第64页。

时意识到应该将此转向置于"人文社会科学一系列复杂而互相关联的进展"中看待,在这种语境中"主流知识生产、传播和理解的模式已经根据处于变动中的学科分类模式、研究范式和理解模式被重新配置",其表现为"对现代性方案的威胁""再现的危机""科学理性的终结""先验的真理断言的崩溃",或更普遍出现的"后现代性"。① 这些后现代的表现,其直接诱因是对人文社会科学中"人"的因素的重提,以抵制经验主义和实证主义研究中的"科学"的、"客观"的、"进步"的现代知识价值。而抵制所借助的正是"文学",不仅汲取了叙事、修辞、想象等文学性成分,而且将文学理论或广义上属于文学的"理论"引入学科互涉的理论重塑进程。也就是说,文学转向同时也意味着叙事转向、修辞转向等转向的最终结果——人文社会科学的后现代转向,这也是我们在"学术后现代"框架中论述文学转向代表的学科互涉实践的意义所在。

此外,怀特将其历史诗学界定为一种"元史学",其概念明确指向对思辨历史哲学的回归(meta-history 原有"思辨的历史哲学"一义),其论述内容则是将历史话语整合为文学性元素构成的深层认知规律,一种元理论的文学阐释框架。这种做法又是对坚持历史特殊性的兰克历史主义方法论的反拨,从文学形式出发对黑格尔式的思辨历史哲学当代价值的一种新的改造与肯定。怀特的这种做法,最初含有对分析的历史哲学逻辑实证主义阐释模式的批评,采用结构主义和形式主义方法确立另一种语言整体论,以此重申思辨历史哲学在分析历史哲学之后的意义。到怀特理论的后期,他开始强调思辨历史哲学或思辨方法对现实生活的实用效能,黑格尔广受诟病的目的论和决定论思想被转换为有益的"预设"和"推测",能够指导人们的伦理实践和生活选择。对思辨功能的重提,实际上为转向后现代主义的身份政治实践铺路,是一种人文价值的体现。

同时,这种文学转向还是对亚里士多德以来作为西方知识基础的符合论真理观的一种否定,从真理的融贯论角度对史学本质的重构。与真理的符合论关于陈述与事实间对应关系的强调不同,融贯论将真理定义为一种陈述与另一种陈述之间的关系。其主张所有对真理的陈述都依赖于某些前提假设或条件,每一种信念也是与其他信念结合在一起的,也就是说,我们个体的知识都是系统性知识的一部分,都是关联性思维的产物。在判断真

---

① Kreiswirth, Martin. Merely Telling Stories? Narrative and Knowledge in the Human Sciences. *Poetics Today*,21.2(2000):297.

理时,"如果一个陈述被表明可以和我们所准备接受的其他一切陈述相融贯或者适合,那么它就是真的"①。怀特历史诗学揭示史学研究对象——事实本身的建构性,视其为历史话语由叙事解释模式和转义认知机制所塑造的结果,并认为所有史学家和历史哲学家自以为对历史真实的表述都是不同的叙事解释模式和转义类型组合的产物。叙事和转义,处于社会文化系统的影响之中,是以认知思维方式存在的,常常表现为人们没有意识到的前提假设和概念结构。这样一来,受不可避免的思维模式和意识形态的约束,历史知识得到的"真实性"在本质上是相对的,历史只是一种被认识的过去。同时,也就不能按照符合论的模式重建已经完结的过去,而应正视经验上不可恢复历史的现实,意识到主体无法直接认识对象只能借助中介的"认识论的障碍"问题,从而转向文学话语和语言学模式来认识话语层面的历史。其融贯论的真理观念,呈现出相对主义、非理性主义、反本质主义和建构主义的后现代主义思想迹象,而后现代主义本身就是融贯论不断深化的结果。

因此,怀特历史诗学从学科互涉和后现代学术文化的角度对古老的"诗史之辨"命题进行了现代阐释,重构了历史和文学的关系,挑战了亚里士多德以来西方知识的基础理念。历史又重新回归现代学科建制之前的叙事、修辞、虚构和想象之域,但却是一种崭新意义上的文学转向。在这种文学转向中,诗学——对于怀特来说——从方法论角度提供了重新定义历史编纂学可借鉴的概念和理论,是批判科学和实证主义史学以及解决分析历史哲学之争的工具,更是后现代历史观念滋生的催化剂。之所以最初转向诗学,怀特批判的目标就是科学主义和实证主义的现代知识型。通过重新关注表现实在所无法回避的语言问题,其将研究对象由认识何种实在转变为如何在话语中多元地再现实在,随解构理论的推波助澜演变为实在是否存在的问题,撼动了传统史学的认识论和价值论基础,从而导致对客观性、真理、理性的诸多怀疑,蔓延于文学领域的后现代思想和理论开始在历史学科中展开。这也是语言学转向往往同时被称为叙事转向、修辞转向、阐释转向或后现代转向的原因。文学,作为后现代意义上的"理论"而出现,被当作基础主义、本质主义和理性主义的对立面而重申。文学转向自然也成为后现代思潮中学科互涉和人文社会科学后现代化的表现,可以看作后现代视域中的标志性学术现象。

---

①　沃尔什:《历史哲学导论》,何兆武、张文杰译,广西师范大学出版社,2001 年,第 76 页。

第三章 | 实践的过去:海登·怀特与历史编纂学的革新

怀特历史理论的诗学路径从方法论上对历史研究和历史观念构成挑战,实际已经触及史学范式问题。德国史学家约恩·吕森(Jörn Rüsen)曾提出历史学科的"学科矩阵"(disziplinäre matrix)①结构,即库恩"范式"的同义词,来描述历史学科认识基础的思考方式。其包含两个层面:历史意义的原则和历史思维的来源。约恩认为历史思维过程(历史研究和历史写作)形成的来源为政治性、认知性和审美性三种维度:"(1)在兴趣与功能之间的关系中,建立起一种集体记忆的政治策略;(2)在概念与方法之间的关系中,建立起一种历史知识生产的认知策略;(3)在形式与功能之间,建立起历史表达的诗学与修辞的审美策略。"②三种维度的每一次综合都构成历史文化的完整组成部分。按照这种认识,怀特历史诗学理论的意识形态蕴涵模式、论证模式和情节化模式分别对应史学范式的三种维度——政治性、认知性和审美性。三种解释模式亲和关系的组合是构成历史话语的深层原因,也就是历史思维的范式。这种分类独特的地方在于,怀特将三种解释模式组合获得的一致性和融贯性面貌的原因归入诗性基础,四种比喻理论的语言学本质。也就意味着史学范式的三种维度最终是诗性的,是预构的语言学规则,也是想象性的思维关联。这样一来,史学的学科范式被转换为文学性的选择与再现问题。

怀特的新解读颠覆了科学主义基础上的现代史学范式,但其历史诗学理论并没有获得主流的史学研究者的广泛认同,毕竟历史自认是人文社会

---

① 宇森:《什么是后设史学? 寻找一个可以理解的研究历史之理论》,汪荣祖译,《史学史研究》,2013 年第 2 期;斯特凡·约尔丹:《历史科学基本概念辞典》,孟钟捷译,北京大学出版社,2012 年,第 42-43 页。

② 斯特凡·约尔丹:《历史科学基本概念辞典》,孟钟捷译,北京大学出版社,2012 年,第 42 页。

科学中对学科规范要求最顽固的学科。然而,怀特的影响非常深远。在历史编纂学中,他的叙事主义历史哲学与新文化史代表的"叙事的复兴"共享叙事转向的后现代主义认识论基础,其观点也被融入至劳伦斯·斯通等人关于"叙事的复兴"的理论表述中。新文化史关注文本、修辞和叙事,重返虚构和想象的建构性本质,以新的语言再现形式和文化观念革新传统史学认识论和方法论,在一定意义上是对怀特理论的实践。同时,在历史书写方面,怀特的历史诗学理论起到了显著的效果,直接启发了许多后继革新者的史学实践。他们或转向怀特提及的现代主义、后现代主义实验性写作,尝试引入小说和新闻书写技巧及从事反事实等非传统的历史书写(unconventional history),甚或沿着后现代主义走得更远,以"激进史学家"(radical historian)标榜自身。还有怀特提出的"影视史学"(historiophoty)概念及相关视点已经发展成具有学科互涉特点的研究领域,以一种新媒介中的再现模式和知识模式丰富了史学研究对象和方法。他们的历史书写在再现类型中属于怀特理论中的"实践的过去",与职业历史学家的"历史的过去"相对立。这些实践,革新了历史再现的形式及观念,虽然仍属史学边缘研究,但从整体的效果来看,已经撼动了现代史学范式基础上的历史研究传统,开辟了史学范式转换的新的可能性。

第一节　回归"讲故事":新文化史与叙事的复兴

西方历史编纂学的传统始于希腊史学。与贵族中心式的波斯史学和宗教神学主导的犹太史学不同,希腊史学家以自由人的身份撰写历史,只处理他们认为是重要但有限的题材,关心证据的可靠性,希望以令人信服和引人入胜的文学表达方式呈现事实。他们"从来不声称自己能够讲述从世界的起源以来的一切事实,也从来不相信自己能够不经过研究就能够讲述故事"[①]。同时,希腊人认为历史因具有不确定性不可能起到必然的指导作用,因此他们喜欢历史,但并没有让其成为生活的基础。"受过教育的希腊人向修辞学校、神秘崇拜或哲学寻求指导,历史却从来不是希腊人生活的主要部

---

① 莫米利亚诺:《现代史学的古典基础》,冯洁音译,华东师范大学出版社,2009年,第20-21页。

分——[人们怀疑]甚至对于写历史的人也不是那么重要。"①在此基础上,希腊史学具有一种自由评判的批评态度,开始区分事实和想象,对荷马式的神与英雄的故事提出疑问。从色诺芬尼和赫卡泰俄斯起始,希腊史学家对记录过去真实发生过的事件保持着极大的兴趣。但是,直到希罗多德才发展出古典时代历史研究的基本范围和原则,这也是希罗多德被称为历史之父的原因。希罗多德的史学即史学的叙事传统:他更多地依赖眼见、判断和实地调查得到的口述证据,不加批判地呈现所听说的事情,有时还以个人的观点评述证据的可靠性;此外,他常常在军事政治史的描述中加入风土人情等文化因素,穿插相关或无关的奇闻逸事,引用过去和同时代诗人的文献;在书写历史时,他表现出好奇心、耐心和仁慈等天赋,对于人性的理解深刻,他的反应尤其敏锐,"不去隐瞒自己无能力理解或纠正的事情",而是"让人类——或者人类的大多数——在他的镜子前自我反省"②。这种包含了文化史和文学家视角的历史探询方法,明显不同于其后修昔底德的政治史传统。修昔底德完全致力于记录政治事件和政治领袖言行,认为历史是线性发展的,过去只是现存政治状况的开始,以此"赋予历史进程永远不变的意义"③。他从不满足于复述故事,总是坚持自己对所讲述事件的责任,还强调读者应该相信自己所讲述的那一种真实。在实践中,他力图通过严格的程序来筛选资料和证据,树立历史学家的可信服的权威和"科学"的历史研究规范。

希罗多德的叙事史传统和修昔底德的政治史传统在西方历史编纂学中一直保持着共存但对立的关系。希罗多德的叙事史传统被认为是偏于修辞性的,其呈现方式并不能确保历史事件严格意义上的真实,就像一位好脾气的世界主义者以文学的方式天真而又新颖地对复杂的过去进行重述。而修昔底德的政治史传统则确立了历史研究的政治、军事主题和只叙述与主体相关事件的专门史原则,尤其是树立了客观主义史学的初步规范,如同一位以再现真实为目的的历史学家真诚而经验老到地相信自己所描绘的历史是正确的、有着确切联系的统一体。在古典史学观念中,希罗多德传统的地位不如修昔底德传统。希罗多德对历史事件多重论述、逸闻轶事的不加考证,

---

① 莫米利亚诺:《现代史学的古典基础》,冯洁音译,华东师范大学出版社,2009年,第23页。

② 莫米利亚诺:《现代史学的古典基础》,冯洁音译,华东师范大学出版社,2009年,第50页。

③ 莫米利亚诺:《现代史学的古典基础》,冯洁音译,华东师范大学出版社,2009年,第55页。

被批评为没有履行剔除虚妄的史学家职责,有着撒谎的嫌疑,使历史沦落为修辞学家的牺牲品。而修昔底德被树立为求真的历史学家榜样,被推崇为"世界上第一位具有批判精神和求实态度的史学家","科学和批判历史著作的奠基者"①。到18世纪下半叶和启蒙运动时期,修昔底德已经成为史学界的典范,更广受19世纪以兰克为首的科学史学研究者的推崇。当然,尽管地位不如修昔底德,希罗多德仍代表了史学中无法割舍的一脉。当赫尔德意识到希罗多德具有"对人性毫不费力的和宽容的理解"从而引为同盟,伏尔泰试图将风俗史加入战争史为主导的历史阵营,希罗多德非政治史的文化史视角就保持着延续的可能,其观点对现实性和准确性的矫正作用也有存在的必要。② 在20世纪80年代前后,希罗多德的叙事史传统成为一种对抗现代史学规范并讲述多元历史经验的迫切需要,突出表现在以新文化史家为代表的叙事史学的复兴上。

1979年,英国史学大家劳伦斯·斯通撰文对当代史学新趋势的看法,首次提出"叙事的复兴"(the revival of narrative)。斯通采用的"叙事"概念已经吸取了怀特《元史学》书中的观点,他所称的"后二战时代的'新历史'"当时明确地指向叙事史。可以说,作为实践历史学家,斯通发现的"叙事的复兴"实际最早是"叙事史的复兴"。这些新叙事史,斯通认为主要体现在法国学界提出的新话题——"心态"(mentalite),一个定义模糊又难转译为英文的概念,涵盖情感、情绪、行为模式、价值和思想状态等观念结构。例如,史学家让·德吕莫(Jean Delumeau)研究兴趣已经从20世纪五六十年代的社会史和经济史转向70年代对集体行为和恐惧情绪的探讨。同时,也出现了不同于结构化叙事的另一种历史书写模式——彼得·布朗(Peter Brown)的点彩(pointilliste)式著史。布朗忽略人口、经济、社会结构、政治制度等传统分析范畴,以后印象主义画家的手法描绘一种意义模糊的现实:精心设置的含混,历史、文学、宗教和艺术的并置,对人类心灵的关注共同构成了看待历史的新思路。此外,最突出表现在单个事件的叙事上。如金兹伯格(Carlo Ginzburg)试图讲述16世纪早期意大利北部磨坊主的故事,以展示受宗教改革影响的大众层面出现的思想和心理波动;埃曼纽·拉杜里(Emmanuel le Roy Ladurie)以现代小说方式在《蒙塔尤》中描写了法国小村庄中的生死、工

① 何平:《西方历史编纂学史》,商务印书馆,2010年,第16页。
② 莫米利亚诺:《现代史学的古典基础》,冯洁音译,华东师范大学出版社,2009年,第66页。

作与性、宗教和习俗等没有明显故事情节的日常惯例;罗伯特·达恩顿(Robert Darnton)在《启蒙运动的生意》中讲述了法国百科全书出版背后的印刷和图书市场文化;娜塔莉·戴维斯(Natalie Davis)则叙述了17世纪里昂和日内瓦乡镇里闹洞房等仪式;甚至奇波拉(Carlo M. Cipolla)这个老牌的以研究经济和人口学闻名的历史学家也开始在《信仰、理性与17世纪托斯卡纳地区的黑死病》讲述瘟疫危机里乡村人物抗疫行动中的个人事迹;社会史家霍布斯鲍姆(Eric Hobsbawm)和政治史家汤普森(Edward Thompson)也分别于20世纪60年代末和70年代撰写有关盗贼、盗猎者等平民的事迹。

斯通认为复兴的叙事史主要特征表现在:其构成是描述的而非分析的,其关注中心在人而非环境;其处理的是个别的和具体的对象,而非共同的和统计学的内容;其接受某些可靠原则的指导,有着主题和论证,并非完全摒弃分析;最后,叙事史强烈关注其表现中的修辞因素。同时,斯通也指出了新兴叙事史不同于传统叙事史的地方:①其关注下层边缘人物的生活、情感和行为;②其方法论在描述和分析间转换,并未放弃分析方法;③其扩展了新的证据,如刑事法庭的记录;④其讲述方式一方面受现代小说和弗洛伊德观念的影响开始小心翼翼地探索简单事实背后的潜意识心理,另一方面受人类学家影响试图通过行为揭示象征性意义;⑤其讲述个人故事、法庭审判或戏剧性事件的最终目的是发现过去文化和社会的内在运作方式。①这就说明新叙事史虽然是修辞性导向的希罗多德叙事史传统的回归,但不是简单地转向以往政治史、社会史框架中的传统叙事史,而是在新情景下面对新问题,尤其是受埃文斯·普里查德(Evans-Pritchard)、格尔兹和玛丽·道格拉斯(Mary Douglas)等人类学家和文学书写模式影响从而转向著史的另一种非分析模式——"讲故事"(story-telling)。

为何会在20世纪70年代前后出现此类转向?斯通认为与50多年来史学界对叙事传统的摒弃有关:当时史学家所推崇的"科学史"治史方法试图以普遍规律解释历史变化,但却忽视了个体生命的意义。科学史,最初产生于19世纪兰克学派,强调以对新记录的严格文本考证来获得政治史的新证据。而20世纪40年代以来,新的科学史研究开始侧重新方法,尤其体现在马克思主义经济模式、法国环境/人口学模式和美国计量史学模式。20世纪30年代到50年代晚期,马克思主义的经济社会决定论影响了一代历史学

---

① Stone, Lawrence. The Revival of Narrative: Reflections on a New Old History. *Past & Present*, 5(1979): 3-24.

者。而50年代到70年代中期法国年鉴学派的兴趣集中在历史地理学、历史人口学和定量方法,甚至拉杜里声称"无法计量的历史不能称为科学的(历史)"。到60年代和70年代早期,美国计量史学家则自封为"科学的历史学家",直接采用数理模型来处理大量的电子数据,建立反事实的假设进行模拟分析。上述三种科学史模式都反映了当时史学界以人口、食物供应、生产方式、阶级冲突解决历史动力问题的乐观态度,而那些文化、宗教、心理、法律,甚至政治的因素就成为不受重视的例外。"既然经济和/或人口决定论统治了新类型的历史研究内容,分析模式,而不是叙事模式就最适应组织和呈现数据。"①然而,这些历史研究的"科学"模式存在很大问题。首先,历史解释的经济决定论忽视了价值、观念及文化等与人有关的种种不可回避的历史研究主题。其次,法国年鉴学派的解释框架建立在一种三层分析模式基础上:第一是经济和人口学层面,第二指社会结构层面,第三则含思想、宗教、文化和政治层面。其中,第一、二层最为重要,第三层附属于前两层。斯通认为此分类是等级制的设置,其内在逻辑是长时段历史受环境、人口影响呈现出的稳定性,忽视了文化、艺术、建筑、文学、宗教、教育、科学、法律等发生的变动,更无从解释文艺复兴、宗教改革、启蒙运动和现代政体的兴起等历史新变。再次,量化方法,尤其是计量史学家使用的处理数据的复杂数学程序不仅在操作层面问题很多(如历史数据究竟是否足以成为程序的证据?能否相信助手团队处理大量差异化和模糊记录时采取统一的编码程序?),而且其自身难以解释有些无可测量的历史因素,还容易造成项目、物资和人力的浪费。正是由于上述问题,斯通提出新历史学家希望寻求科学史学单一解释之外的新途径,他们转向探求过去人们头脑之思,好奇于过去生活的面貌:这些都不由自主地导向对叙事的重新发现。另外,当时发展中的人类学阐释模式,尤其是格尔兹的"深描"方法,逐渐替代社会学和经济学成为社会科学中最有影响力的范式,当然对新历史学家的叙事史复兴产生了促进作用。除此之外,斯通认为,新叙事史家重回叙事也希望他们的作品再次被非专家的知识读众接受。业余读者渴望了解这些创造性的新问题、新方法和揭示的资料,但无法消化之前结构历史学家、分析历史学家和量化历史学家那些数表、干巴巴的分析论证和充斥着行话的文风。大众历史期刊的盛行培育了一大批爱好历史的读者,新叙事史家也迫切希望与读者对话,在历

---

① Stone, Lawrence. The Revival of Narrative: Reflections on a New Old History. *Past & Present*, 5(1979): 3-24.

史作品中书写当今大众所关心的时代话题,而不是将阵地让给通俗传记和教科书。

实际上,斯通以"叙事"一词试图囊括20世纪70年代出现的种种"新历史"趋势:"关于历史学的中心议题,开始从人周边的环境转向环境中的人;在研究的问题上,从经济和人口学转向文化和情感;在主要影响来源上,从社会学、经济学和人口学转向人类学和心理学;在主题方面,从群体转向个人;在历史变迁的解释模型方面,从分等级的和单一原因的模式转向相互联系和多因论;方法论上,从群体量化研究转向个案;在构成上,从分析到描述;并在历史学家功能的构想上,从科学性转向文学性。"①他认为没有更好的词去形容上述内容、目标、方法和历史写作的文体方面同时发生的多种变化,姑且归入当时看来更适合的"叙事"。

直到20世纪90年代,斯通所谓的"新历史"趋势在学理上的逻辑呈现得更为清晰。叙事史的复兴,明确指向新文化史的实践。斯通当年提到的"新历史学家"——金兹伯格、罗伯特·达恩顿、娜塔莉·戴维斯已经成为新文化史中微观史学的重要代表。金兹伯格的《奶酪与蛆虫》、达恩顿的《屠猫记》、戴维斯的《档案中的虚构》和《马丁·盖尔归来》都成为新文化史的经典作品。而之前拉杜里的《蒙塔尤》更是代表了年鉴学派学术趣味向文化史的转变,马克思主义史学中也出现了以汤普森的《英国工人阶级的形成》为标志的研究兴趣的文化转向。此外,斯通当时只是从史学界历史研究实践的角度认识到"新的旧(叙事)历史"的复兴与对科学史学的反抗有关,但并未注意到史学领域"语言学转向"主导的后现代主义的发展态势及其对于新文化史及历史研究整体的意义。尽管斯通写作《叙事的复兴》时接受伦道夫·斯达恩(Randolph Starn)建议,在"叙事"概念上参考了出版不久但产生较大影响的怀特《元史学》一书,但对历史研究的"语言学转向"受个人视角和时代所限没有深入细察。1991年、1992年,斯通在刊物《过去与现在》上先后发表两篇《历史和后现代主义》,在坚持实在论的基础上对语言学转向和后现代主义在历史研究中的表现有所认识。其文章源于斯皮格尔(Gabrielle M. Spiegel)在《历史、历史主义和中世纪文本的社会逻辑》一文中的观点,大致有以下几个方面。

首先,斯皮格尔文中论述了发端于索绪尔《普通语言学教程》的结构语

---

① Stone, Lawrence. The Revival of Narrative: Reflections on a New Old History. *Past & Present*, 5(1979): 3–24.

言学延续至结构主义、符号学和后结构主义的"语言学转向"对历史学科范式转换的影响。她认为结构主义和后结构主义之类依托的是语言模式的认识论,把语言不再当作世界的模拟论意义上的反映,而视为对世界生成意义上的建构因素。她将此类语言主导现实的认识称为"符号学挑战"(semiotic challenge),提出符号学通过削弱经验的物质基础、因果关系及其附属的主体破坏了传统的历史解释模式。一方面,符号学承认建立在能指与所指任意性联系基础上作为能指的符号对意义(所指)的多重指涉,关注语言在意义生产中的施行作用,坚持意义是由符号间内部联系产生,而非涉及语言以外的现象。因为其割裂了语言与外在指涉之间的关系给文本性和历史的理解造成毁灭性的后果。另一方面,符号学否认历史情境下的作者意识,不可避免地导致否认历史。如果作者被先于现实存在的语言规则所束缚,而不是隶属于社会进程,况且此社会进程自身也是语言构成的,那么社会生活最终成为话语行为的游戏,成为非实体的存在。① 在分析中,斯皮格尔实际上把广义的符号学、解构主义等同于后现代主义的破坏性力量,强调语言学转向可能会导致的话语先于实在的语言决定论,颠覆史学的学科基础。她的观点被斯通接受后遭到乔伊斯(Patrick Joyce)等人批评,促使斯通再次撰文为自己辩护,肯定语言学转向对揭示历史文本的话语功能的积极意义,在反对话语自治的框架中尝试弥合传统历史学家与后现代历史学家的观念差异。

其次,斯皮格尔认为语言学转向导致历史研究和写作开始侧重话语功能,新文化史就是突出的表现之一。② 受格尔兹研究文化时的符号学路径影响,新文化史家也认识到其研究对象——社会行为和文化生产的形式既是被符号模式有意重塑的,又受当时包含后结构主义的文学批评和文学理论影响。在构成上,社会生活与文学都作为符号系统具有同源性:新文化史家和卡勒(Jonathan Culler)等文学理论家对此达成共识。无论是文化史还是文学批评,阐释的焦点更集中在"产生社会和文化实体的操作过程和创造出饱含意义的世界的设置手段"。而这些操作过程同样是组成社会和话语类型的语言模式,它们间没有等级之分。也就是说,想象性文学和语言之外的"真实"事件没有本体论上的差异,因为"真实"自身也是话语的建构之物。

---

① Spiegel, Gabrielle M. History, Historicism, and the Social Logic of the Text in the Middle Ages. *Speculum*, 65.1(1990):60-75.

② Spiegel, Gabrielle M. History, Historicism, and the Social Logic of the Text in the Middle Ages. *Speculum*, 65.1(1990):64-72. Spiegel, Gabrielle M. History and Post-modernism. *Past & Present*, 135(1992):199.

同时,此"真实"是经由文本,即对现实世界的表征来呈现的。正如新文化史家夏蒂埃(Roger Chartier)之言"对社会的再现正是社会现实的构成",作为再现形式的文本(text)与代表社会现实的语境(context)不再是符合论意义上的反映关系,而构成互文关系。这样一来,新文化史中所有的行为都成为言语行为,没有文本性以外的其他存在形式,也只有文本的类同性特征发挥着作用。①

从斯通提出"叙事的复兴"到斯皮格尔和斯通对"历史和后现代主义"的认识,新文化史和70年代出现的后现代主义史学实践的传承关系逐渐清晰。"讲故事"的旧叙事史模式,只是最初显现的模糊面貌。希罗多德的叙事传统在新的学科情形和后现代学术氛围中又有了被重新强调的可能。一方面,科学主义取向的社会史、经济史研究遇到了凭借量化和分析无法解决的问题,只有回归文化史才能提供除地理、人口、经济数据之外的解释途径和新的研究主题——物质文化史、医学史、身体史和性史等。描述性的叙事手法加上想象性的情节设置,从文学审美的角度勾画了具象的历史人物和全景式的文化生活场景,既复原了复杂历史事件的多元意义,又恢复了大众读者对专业史学的兴趣,为历史主义危机中的历史研究寻得新的声誉。另一方面,语言学转向影响下话语模式的引入赋予新文化史更深层的后现代主义意蕴:新文化史的出现不仅仅是对宣称客观再现现实的科学史学的纠偏,还是以一种新的语言再现形式和文化观念对传统史学认识论和方法论的革新;其对修辞和叙事的关注也不仅仅是文学技巧的简单拷贝,而是重返虚构和想象的建构性本质,从符号性的文本共性上揭示历史"真相"构成过程的诸多可能;它对非典型的普通人和杂闻轶事的兴趣,也不仅仅是吸引大众读者注意的手段,更是一种后现代身份政治参照下对复杂生命个体经验及其背后文化诸因素的另类解读。因此,新文化史代表的"叙事的复兴"与怀特的叙事主义历史哲学共享叙事转向的后现代主义认识论基础,同样采用语言和文学的方法对抗传统历史研究的科学主义观念。娜塔莉·戴维斯就在《档案中的虚构——16世纪法国司法档案中的赦罪故事和及故事的叙述者》中直接从"虚构"的叙述策略出发,去发掘赦罪书中"讲故事"的特征,所秉承的重要方法论资源便来自怀特的见解。② 所以,新文化史家的做法,已经不

---

① Spiegel,Gabrielle M. History,Historicism,and the Social Logic of the Text in the Middle Ages. *Speculum*,65.1(1990):66-69.

② 娜塔莉·泽蒙·戴维斯:《档案中的虚构:16世纪法国的赦罪故事及故事的讲述者》,饶佳荣、陈瑶等译,北京大学出版社,2015年,第4页。

限于学科内部观念的更新,而是有意识地引入跨学科模式对本学科的学科基质的重组和重构,尤其对人文学科后现代时代的发展具有一定的指导意义。

第二节 影视史学——历史学家视角中新的历史再现方式

　　历史编纂从古至今一直是以书面形式出现的,是由历史学家书写而来。文字表述成为历史再现默认的媒介,甚至在历史研究中被认为是唯一的媒介和来源。然而,随现代和后现代工业技术席卷而来的电影、电视、网络等新媒体在大众文化的洪流中给历史编纂学带来了新的挑战和新的问题。影视史学,正是历史学家针对这些挑战和问题从史学自身视角拓宽历史研究范围,探索历史再现其他途径的另一尝试。

　　影视史学(historiophoty)的概念源于怀特 1988 年的论文《历史编纂学和影视史学》(*Historiography and Historiophoty*)。当时,《美国历史评论》杂志设专栏讨论影视与历史的关系,罗伯特·罗森斯通(Robert A. Rosenstone)、约翰·奥康纳(John E. O'Connor)、罗伯特·托普林(Robert Brent Toplin)等研究电影史的历史学家和怀特相继发言。怀特为回应罗森斯通的论文《影像中的历史/文字中的历史:反思历史真正进入电影的可能性》,新创了"Historiophoty"一词以对应书面形式的"历史编纂学"(*Historiography*)概念。"Historiophoty",结合前缀"historio-"(历史)和"photo"(图像)的变体,也回应了罗森斯通"影像中的历史"(History in Image)的用法,指"视觉影像和电影话语中的历史再现及关于其的看法"[1]。此概念自 1988 年提出以来,已经广泛应用于电影与历史关系研究的相关论述,被视为历史研究与电影理论交叉的跨学科新路径。其中文译法有"视听史学""影视史学""影像史学"等,而"影视史学"凭借台湾学者周梁楷和大陆学者张广智的努力更为史学界熟

---

[1] White, Hayden. Historiography and Historiophoty. *The American Historical Review*, 93. 5(1988):1193.

知:周梁楷最早以此译名并致力于以其作为新兴史学理论纳入历史学科课程[1];张广智则最早将此概念引入大陆学界,并发表了多篇相关论文肯定影视史学对于历史研究的意义[2]。

影视史学概念出现之前,历史学家对影视与历史关系的探讨一直在进行。20世纪70年代前后,电影和电视中的历史表现开始进入历史学家的视线。奥康纳(John E. O' Connor)最早在历史课堂里讨论影视作品,并与其同事共同创办了《电影与历史》杂志,组织了历史学家电影委员会(the Historians' Film Committee),致力于推进历史研究和教学中对电影和电视媒介的应用。历史学家委员会随后成为美国历史协会的分会,并定期为协会年会中有关对电影和电视的小组会议提供赞助。奥康纳本人也因其在此领域中开创性的贡献被授予了许多奖项。而直到80年代到90年代时,电影才逐渐获得了在历史学界登堂入室的地位。这与部分历史学家参加历史影片的拍摄工作有很大关系。他们在电影制作的参与过程中开始反思传统历史编纂学(书面的形式)的不足之处,接受电影这一新媒介在建构历史事实、表现历史人物和场景中的积极作用,更为历史题材电影吸引大范围非专业观众的能力欢欣鼓舞,视其为改变大众对职业历史学家形象的偏见和重新普及历史研究的有力途径。

作为历史学家研究对象的影视史学,不同于其他领域中的电影史或媒体技术的历史研究,具有其独特的跨学科视野和明确的史学方法论特征。从80年代至今,影视史学在实践进展和理论阐述方面主要有以下三种表现。

一、影视史学与新文化史

历史学家参与历史电影的制作过程本身就对新文化史的核心理念的形成产生了影响。新文化史学家的微观叙事及"深描"的人类学描述方法,重建个体生活故事以讲述过去的做法一定程度上与现代传媒(电影、电视剧)

---

[1] 周梁楷在影视史学的理论和课程设置方面贡献良多:他将"historiophoty"译为"影视史学",是寄希望以学科、学问的立场树立影视史学的独特性,并以此重新建构史学理论;自1990年起,他在中兴大学开设影视史学专用教室和影视史学课程,与影视学者和影视工作者交流,其学校也多次举办相关研讨会。(周梁楷:《影视史学:理论基础及课程主旨的反思》,《台大历史学报》,1999年6月,第445-470页。)

[2] 张广智:《影视史学:历史学的新领域》,《学习与探索》,1996年第6期;张广智:《重现历史——再谈影视史学》,《学术研究》,2000年第8期;张广智:《影视史学与书写史学之异同》,《学习与探索》,2002年第1期;张广智:《影视史学:历史学的新生代》,《历史教学问题》,2007年第5期。

中具象的历史叙事途径产生了共鸣。娜塔莉·戴维斯就是在参与影片《马丁·盖尔的归来》制作的基础上出版了同名新文化史专著。戴维斯最早读到马丁·盖尔案件法官的记录时立马感到此逸闻应该拍成电影:一个16世纪的法国富裕农民失踪多年后,骗子以其身份复归家庭并得到接纳,三四年后妻子以欺骗为名将其送上法庭,而就在几乎让法庭相信他就是马丁·盖尔时真正的盖尔却露面的传奇故事很难让人忘记,甚至直到四百年后当地村庄中的人们仍记忆犹新。对于历史学家,这是个"如此完美,或是拥有如此戏剧性并具有大众感召力的叙事结构"①,但在传统历史编纂学中却湮没于只言片语的法庭判决和法官等知识分子猎奇的记录中,当时不识字的下层阶级出身的农民是无法留下言说自身的日记、回忆录和家庭史等文献,要讲述这个戏剧性的历史事件只能诉诸文学形式(剧本、诗歌和故事),而事实上,此故事也正是一部剧本、两本小说和一部小歌剧的灵感来源。但是,对于现代历史学家的戴维斯,讲述盖尔事件的目的在于"将这个故事置于16世纪法国村庄生活和法律的价值观和习俗之中,借其来理解故事的核心要素,并反过来用故事评论它们——也就是,将一个传说转化为历史"②。这样,一个极具戏剧性却缺乏历史人物生活直接证据的故事,在历史学家眼中又赋予了再现历史真实重任需要重新建构的叙事,在电影导演同时感兴趣的情形下转向了想象为基点的历史罗曼司(historical romance)③的电影形式。

影片《马丁·盖尔的归来》的拍摄过程以及戴维斯后来在《银屏上的奴隶:电影与历史视界》一书中对多部奴隶制相关的历史剧的分析都贯穿着新文化史方法论方面的核心理念。一方面,历史电影与微观史学在表现内容方面有着高度的契合。"电影可以揭示——或更准确地说,揣测——过去是如何被体验,如何被表演的,在具体而微的、地方的层面,人们是如何经历大

---

① 娜塔莉·泽蒙·戴维斯:《马丁·盖尔归来》,刘永华译,北京大学出版社,2009年,第3页。

② Davis, Natalie Zemon. "On the Lame." *The American Historical Review*, 93.3(1988): 573.

③ 沃特·司各特(Walter Scott)在19世纪最早创立历史和罗曼司两种文类混合的"历史罗曼司"叙事形式,代表作品为《艾凡赫》等历史小说。司各特的历史罗曼司是历史背景与虚构叙事的结合,兼具现实和虚构写作两种文类特征,具有丰富、混杂甚至互相抵牾或前后矛盾的特性。当前意义上的历史罗曼司即广义的历史小说。见雷蒙·萨迪瓦尔:《美国长篇小说的第二次提升:当代叙事中的种族、形式与后种族美学》,唐伟胜译,《叙事》中国版(第五辑),2013年,第105–106页;Regis, Pamela. A Natural History of the Romance Novel. Philadelphia: University of Pennsylvania Press, 2003.

的[历史]动力与主要的事件的。"①电影技术本身可以通过动态画面和生动情景的重现逼真再现过去个体的人及人类群体接近真实的生活经验,"如观念、言语、图像、引人注目之事、令人烦恼之事、感官上的幻觉、有意识和无意识的动机和情感"。也"只有电影能提供充分的'移情重建作用'来传达历史中的人们如何见证、理解以及生活的。只有电影可以'复原过去的活力'"②。另一方面,历史学家介入历史电影表现的历史内容并通过有依据的想象重构历史事件的模式类同于人类学中的民族志方法。为了生动地建构已经不存在的历史对象,历史学家必须在头脑中重演历史过程、移情重构历史人物的心路及行为原因。这种想象中的交流、评判和解释,如同回归历史现场像田野调查中的人类学家一样探究特定时间、特定地方的人们如何生活和为何这样生活。其视角更接近地方主义和近距离融入式的体验模式,所表现的也寄希望于通过情景刻画描述群体社会文化生活的具体全景,所解释的更是追求获得历史事件背后政治、社会、文化方面的深层原因。同时她还同了解当地情形的导演、进入人物角色的演员深入交谈,循着田野调查的方式获得更多历史可能性的推断。这些路径几乎类同于格尔兹民族志研究的"深描"方法。戴维斯也承认自己进行的是一种民族志的实践:"千真万确,制作影片唤起了民族志意识。在想象任何场景——村民跟新来户打招呼;坐在火堆旁修理工具、聊天、讲故事;吵架;回答法官的问题时,我被带回到资料当中,寻找什么是可能的,什么是能自圆其说的。同那些扮演16世纪人物的演员交谈,会出现对历史学家来说饶有趣味的问题和某种'证据'。……我在我写的书的注解中,不能引述这些演员的话作为依据,但是他们的评论增强了我的信念:在以我所做的那种方式诠释法律和村落文献时,我走对了方向。"③实际上,她进行的是一场历史实验室中对历史可能性的试验,"一场思想试验,而不是在讲述真相"④。

　　戴维斯的"思想试验"仍是依据电影中历史叙事的建构与传统历史编纂学重演过去经验模式的关联性,建立在历史学家历史理性的意识框架之上。

---

①　Davis, Natalie Zemon. *Slaves on Screen*: *Films and Historical Vision*. Cambridge: Harvard University Press, 2000:7.

②　Raack, R. J. . "Historiography as Cinematography: A Prolegomenon to Film Work for Historians. "*Journal of Contemporary History*, 18(1983):416–18.

③　娜塔莉·泽蒙·戴维斯:《马丁·盖尔归来》,刘永华译,北京大学出版社,2009年,代译序第XIV–XV页。

④　玛丽亚·露西娅·帕拉蕾丝-伯克:《新史学:自白与对话》,彭刚译,北京大学出版社,2006年,第76页。

她对马丁·盖尔故事的诠释,无论在电影还是专著中,都源自严格的史料考证。在电影的制作过程里,她也不仅仅是作为历史知识方面的顾问把关场景、服装、道具等细节问题,还以历史学家的身份参与了主创和编剧,试图还原盖尔案件背后的历史真实。按戴维斯的话来说,她的电影试验试图"展现出过去的某些真实的层面",是"书面的真实陈述在视觉上的等价物"①。她向读者保证:"我在这里奉献给你们的,一部分是出自我的发明,但那是经过过去的声音严格检验了的发明。"②戴维斯的立场始终站在历史学家一侧,思考的问题也限于电影媒介对历史再现的范围、程度和功能。她解释其动机"是对真实与不确定的问题所做的一种探索:关于 16 世纪在确定真实身份时的困难和 20 世纪历史学家在寻求真相中的困境"③。因此,尽管在新史料的选用和电影媒介的推介方面做出了创新,戴维斯的历史实践方法仍遵循了严格的历史理性原则,并没有介入历史知识的解构层面。同时,微观叙事也只是新文化史家探索历史逻辑的另一种视角和需要,并未为反宏大叙事而故意转向微观史。地方性的微观叙事中蕴含了他们对个案背后历史文化、习俗、思想、社会、政治等多方面的整体性诉求。这也是戴维斯否认安克斯密特将新文化史三部经典作品归入后现代主义史学的原因。对他们来说,尽管欧洲中心论已经衰亡,历史之树本身并没有分崩离析,微观史学这片树叶也并不是追求的史学本质,只是证明了追寻历史真实方法之复杂。④

二、罗森斯通影视史学实践与怀特历史诗学理论的支持

与戴维斯"思想试验"不同,奥康纳、罗森斯通、托普林等专业影视史研究者从影视媒介自身来考察评判历史电影的再现问题。如果说戴维斯关注的是影片如何适应史料考证规则和书面历史表达等传统史学命题,罗森斯通他们开辟的则是以影视史学为对象和目的的新的史学研究领域。也可以

① 玛丽亚·露西娅·帕拉蕾丝-伯克编:《新史学:自白与对话》,彭刚译,北京大学出版社,2006 年,第 77 页。

② 娜塔莉·泽蒙·戴维斯:《马丁·盖尔归来》,刘永华译,北京大学出版社,2009 年,第 16 页。

③ Davis, Natalie Zemon. On the Lame. *The American Historical Review*, 93.3(1988):572.

④ Ankersmit, F. R. Historiography and Postmodernism. *History and Theory*, 28.2(1989):149. 及玛丽亚·露西娅·帕拉蕾丝-伯克编:《新史学:自白与对话》,彭刚译,北京大学出版社,2006 年,第 74 页。

说是后现代史学实践展开的另一种途径,是罗森斯通"实验史学"的探路者和重要组成部分。而怀特的历史诗学理论则为其提供了必需的理论支撑,为影视史学成为独立的知识和学问主体指引了方向。

20世纪80年代到90年代,史学主流期刊纷纷刊登影视评论。1986年,《美国历史杂志》(*The Journal of American History*)设《电影评论》专栏,托普林任栏目编辑。托普林特别提出希望评论者考虑电影对于认识的原创性贡献,考虑历史学家论争主题中有针对性的话题。[1] 1989年,《美国历史评论》也开始发表电影评论,罗森斯通成为其首任电影编辑。罗森斯通也明确提出希望"探索电影在何种程度上被用于再现、再造、谈论,及将我们与过去已经消逝的世界相联系",强调电影不仅提供关于过去意义的论据,在操作中也遵循着不同于书面历史的种种原则。[2] 他们确立了影视史学作为独立研究主题的方向,寄希望于树立电影作为新的历史再现方式的地位。

电影是否能如实再现历史,历史学家一直以来对此疑虑很多。传统史学研究往往对电影中的历史表现持失望态度,继而排斥将影视媒介纳入史学专题。勒纳(Gerda Lerner)批评电影现时意识太强,浅薄,对话题未进行批判性处理,认为电影媒介与书面历史相比是有缺陷的,其路径既与历史学家的思想相悖,又同历史研究的价值取向和视角相悖。[3] 凯茨(Stanley N. Katz)甚至称电视为"特殊的灾难",号召学术团体舍弃影视寻找其他吸引大众的方法。[4] 罗森斯通曾在《过去的视野:电影对我们历史观念的挑战》(1995年)一书中列出历史影片一直不为历史学家接受的原因:

问题:为什么历史学家不信任历史影片?

明面上的答案:电影不准确。它们曲解过去。它们虚构历史,使历史琐碎化,使人物、事件和行动理想化。它们篡改历史。

隐含的答案:电影在史学家控制之外。电影显示我们不能拥有过去。电影创造了书面所无法匹敌的历史世界,至少对大众来说。电影是日益壮

① Toplin,Robert Brent. *History By Hollywood:The Use and Abuse of the American Past.* Chmpagne-Urbana:University of Illinois Press,1996.

② Rosenstone,Robert A. Film Reviews:Introduction. *American Historical Review*,94.4(1989):1031-1033.

③ Lerner,Gerda. The Necessity of History and the Historical Profession. *Journal of American History*,69(1982):16-7.

④ Katz,Stanley N. The Scholar and the Public. *Humanities*,6(1985):15.

大的电子传媒世界一个令人烦恼的象征。①

　　这里实际涉及三个问题:①现实和虚构的问题,即电影是否能真实再现过去? ②影视史学与书面史学(传统历史编纂学)的差异问题;③历史学家如何认识电影及其他电子媒介,延伸到如何认识当前世界的观念问题。

　　首先,关于电影与现实和虚构的问题。罗森斯通的影视史学观念建立在电影是对书面话语的转译的基础上,同时其他抵制电影的历史学家也大都是以书面史学的标准评判历史电影再现问题,他们与影视工作者共享了同一种思想来源②。因此他在肯定电影能够再现过去现实时采用的策略是批判叙事史(书面史学)也存在虚构的问题。既然作为历史电影模本的叙事史也是由文类和语言约定俗成的惯例决定的,那么就没有道理苛求电影如实再现历史。在批判书面史学的"客观"再现问题上,他完全借助海登·怀特的历史诗学理论:①书面叙事(拥有开端、发展和结尾的连贯叙事)是被历史学家建构出来以赋予过去意义;②历史学家书写的叙事实际是"言辞虚构"(verbal fictions),书面历史是过去的再现而非过去本身;③叙事中的历史本质部分是被历史学家选用的故事类型或模式——反讽、悲剧、史诗或浪漫剧决定的;④语言并非透明的,并不能如实模拟或反映过去,语言创建历史并赋予历史意义。③ 罗森斯通特意注明这些思想源自怀特的《元史学》和《话语的转义》中的多篇文章。在批评了书面叙事史的再现问题之后,他参照书面叙事的"言辞虚构"性质提出影像叙事应为"视觉虚构"(visual fictions),即影像不是过去的镜式反映,而是对过去的再现。同时,在评判电影再现问题时,也应该以电影本身媒介特点来看待"虚构"特征。比如,电影为历史中身份不明的人物描绘了面貌:就像甘地自传中提及的那位南非铁路乘务员,正是他将年轻的甘地推出白人专属车厢才激发了甘地的激进主义行动,因此电影塑造他的形象是一种必不可少的再现历史的手段,尽管塑造本身就

---

　　① Rosenstone, Robert A. *Visions of the Past: The Challenge of Film to Our idea of a New Past*. Princeton: Prinseton University of Press, 1995:46.

　　② 非常典型的例子如,导演赛尔斯(John Sayles)提出影视创作动力分三步:"一是历史学家开始研究阅读史料;他们的工作通常激发小说家的创作灵感,而后小说家常常启发电影人;最后这一切的结果就是电视。"(见 Carnes, Mark C.. *Past Imperfect: History According to the Movies*. New York: Henry Holt and Company, 1995:12.)

　　③ Rosenstone, Robert A.. "History in Images/History in Words: Reflections on the Possibility of Really Putting History onto Film." *American Historical Review*, 1988, 93. 5 (1988):1180–1181.

是一种虚构。罗森斯通认为这种虚构无损于书面记录的真实。罗森斯通自己参与的两部历史影片——好莱坞故事片《红色之恋》(Reds,1982年)和纪录片《正义之战》(The Good Fight,1984年)分别有着上述虚构和未受审察的记述,如第一部让主人公约翰·里德(John Reed)1917年乘火车从法国去彼得格勒的情节现实中并不存在,及第二部允许参加西班牙战争的老兵诉说记忆中的过往而未纠正其记忆漏误和谎言。此外,两部历史电影都不可避免地讲述只有一种意义解释的线性故事,难以呈现史学领域要求的目标——寻求其他的历史可能性、展示动机或因果的复杂性和清除历史世界的模糊之处。[①] 但正是影片制作的参与让罗森斯通意识到影视史学应按自身媒介的特点确立不同于书面史学的评价标准,主要也包括再现现实的标准,不能苛求传统的历史编纂学规范。

怀特在回应罗森斯通的评论中肯定并补充了关于影视史学理论的看法。他新创"影视史学"(historiophoty)的概念以对应书面的"历史编纂学"(historiography),肯定罗森斯通从影视媒介自身特点来评价影视史学的建议。他认为影视再现虽不同于历史编纂学的文字话语再现形式,但仍是一种包含着词汇、语法和句法的语言和话语模式。摄影、电影等图像证据提供了言辞记录中缺乏的历史信息,在再现过去事件的情景、氛围方面比书面记述更准确。然而,历史学家受限于历史编纂学传统观念,常把摄影、电影和视频数据当作书面证据的补充,而不是视其为一种对等物,一种其本身就是话语形式,指涉对象既不同于书面话语又不同于单一视觉形象的互补之物。怀特借此再次强调影视史学与书面史学一样都是情节建构形成的,都经过浓缩、移植、象征和限定的过程,区别仅在于媒介的不同,不在于信息生成的方式。例如,影片《马丁·盖尔的归来》被称为历史罗曼司,这种浪漫剧的类型是作者希望讲述的情节设置形式。如果换为其他更"现实"的文类,就会呈现出另一种叙事风格。此外,回到罗森斯通讲述影片《甘地》的例子,怀特更深层次地指出电影对人物类型化刻画的历史再现功能。尽管扮演铁路乘务员的演员并不具备真实人物的面貌特征,但他在剧中的表演并没有失实。因为场景的准确性取决于人物刻画,此人物的历史意义源于他在特殊时间和地点表现出的行为,其行为则是在特殊历史时间、地点的多种社会状况下

---

① Rosenstone, Robert A.. "History in Images/History in Words: Reflections on the Possibility of Really Putting History onto Film." *American Historical Review*, 1988, 93. 5 (1988):1172-1173.

的一种可识别的角色扮演类型的功能。怀特强调对电影逼真性的要求是在任何再现媒介中都无法实现的，其弄混了历史人物和规定以话语为目的的"性格化"类型。在书面历史中也不得不描绘那些仅能靠其社会属性或给定历史事件允许他们扮演"角色"的行为出现的"人物类型"。因此，这些组成群体的主体并不因在电影中被演员塑造就歪曲了现实。①

其次，关于影视史学与书面史学（传统历史编纂学）的差异问题。单就电影等视觉媒介的表现特征而言，支持影视史学的历史学家认为电影具备书面史学所不能表现的优势。拉克（R. J. Raack）认为，电影比书面的历史更适合做历史的媒介，因为传统书面形式的历史无法充分解释人们生活的这个复杂、多元的世界，而只有电影，凭着对影像和声音并置的能力，借助"切换、画面叠化、图像淡出、快进和慢镜头"，有可能接近真实生活，那种包含"观念、言语、图像、引人注目之事、令人烦恼之事、感官上的幻觉、有意识和无意识的动机和情感"的日常生活经验。② 但是，反对夸大影视再现功能的历史学家提出了一个挑战性的问题——在电影中，历史学家如何为自己的观点辩护、附注，反驳异见并批判对手？ 也就是指：影视史学能否传达传统史学的"解释"要求？ 贾维（Ian Jarvie）特别指出影像承载的信息量不足，还有着"话语弱点"，仅是"实际发生事实的描述性叙述"，不能表现"史学家间的争议话题——发生了什么事件？ 为何会发生？ 怎样对其意义进行充分的解释？"③

罗森斯通在回应中认同拉克对动态影像传达人类生活经验具有优势的看法，并将拉克的观念概括为一种从历史中获取个人知识的方法。即人们通过了解异时异地的他人的生活经验，获得一种"心理预防"（psychological prophylaxis），缓解自己的孤独感和异化感。而影视给予我们一种透过窗子身临其境直接体验过去事件、人物和地理的观感，使我们暂时成为"历史的囚徒"。④ 同时，对于贾维的问题，罗森斯通不同意影像承载的信息量不足。

---

① White, Hayden. Historiography and Historiophoty. *The American Historical Review*, 93. 5(1988):1193-1199.

② Raack, R. J. Historiography as Cinematography: A Prolegomenon to Film Work for Historians. *Journal of Contemporary History*, 18(1983):416-18.

③ Jarvie, R. J. Seeing through Movies. *Philosophy of the Social Sciences*, 8(1978):378.

④ Rosenstone, Robert A. History in Images/History in Words: Reflections on the Possibility of Really Putting History onto Film. *American Historical Review*, 93. 5(1988):1176-1177.

叙事学家查特曼早就得出结论:仅电影中的单一镜头就包含着及其丰富的信息量,甚至其信息比起书面形式具有更高层次的细节和特性。① 罗森斯通指出问题不在于电影的信息量不足,而在于如何定义"信息",能否从快速的动态影像中获取信息并添加进(贾维等人观念中的)"历史"。此外,就电影无法表达历史学家争议话题的指控,罗森斯通主张电影中的历史问题不一定总要涉及论争话题,就像许多优秀的叙事史(书面形式)和传记作品或有意忽略,或附注说明,或将其隐藏在故事情节之下的做法一样。

怀特则进一步抨击拉克所谓的历史编纂学的本质,并明确了电影能够断言的事实,补充了上面罗森斯通未正面回应的影视史学论题。一方面,怀特指出拉克描述的历史编纂学的本质("史学家间的争议话题——发生了什么事件? 为何会发生? 怎样对其意义进行充分的解释?")会引起另一个问题——历史学家怎样将关于"事件"的信息转换为"事实"以及他们的目的何在? 怀特认为,历史叙述是否充分取决于历史学家把事件信息转换为特殊类别"事实"(政治、社会、文化、心理事实)时观念组合的选择问题。什么是"历史的"事实,是由特殊种类的历史知识决定的。"历史"事实和非历史事实间的区别并不固定,这种不稳定性标志着史学家事业的建构性本质。② 在此,怀特将传统历史编纂学的"解释"③性质转换为历史学家历史知识的建构性特征,点明史学家寻求的"事实"的非普遍性及他们自身的主体性作用。另一方面,罗森斯通在电影能否进行史学意义的解释问题上未从媒介功能角度给出令人信服的答案,但怀特非常肯定地回答了电影本身可以断言。怀特指出,尽管巴特坚持相片不能给出断言,只有标题或解说词可以,但电影却可以通过"镜头的顺序、蒙太奇手法,或特写"做出和口头或书面话语中的短语、句子或句子顺序同样的有效的断言。同时,有声电影以"独特的言语内容"补充了视觉影像,因此并不会因对戏剧性效果的迫切需求而牺牲了"分析"功能。这样,电影就可以达到贾维意图中的"解释"要求。

---

① Chatman, Seymour. What Novels Can Do That Films Can't(and Vice Versa). *Critical Inquiry*, 7(1980):125-126.

② White, Hayden. Historiography and Historiophoty. *The American Historical Review*, 93. 5(1988):1196.

③ 这里指被传统史学作为历史学科特性的知识形式——"解释",是对"是什么""为什么"及"如何"等问题的回答,更偏重于判断、推理等科学认识方式。(参见周建漳:《历史哲学》,北京大学出版社,2015 年,第 161-167 页;柯林武德:《历史的观念》,何兆武等译,北京大学出版社,2010 年,第 371-383 页。)

　　最后，关于历史学家如何认识电影及其他电子媒介，延伸到如何认识当前世界的观念问题。这就涉及影视史学在历史研究的位置以及史学家认识方式的革新问题。罗森斯通将影视史学视为一种历史再现的新方式，一种颠覆历史编纂学"现实主义"表现形式的新途径。为此，罗森斯通以好莱坞故事片和纪录片以外的实验性历史电影为例展现了电影完全可以阐释历史的复杂性，也完全可以革新传统的历史意识。这些主流电影之外的创新作品，或出于独立导演或出于第三世界导演，具有独特的再现历史的形式，超出了传统上对"现实主义"历史电影的期待。例如，克里斯·马克（Chris Marker）导演的《无日》（*Sans Soleil*，1982年）对异地画面进行平行处理，传达出属于20世纪认知的"不同时间观念的并存"。吉尔·高密洛（Jill Godmilow）制作的《远离波兰》（*Far from Poland*，1984年）使用了多种视觉资源，包括从波兰偷运来的原始胶片、美国新闻报道录像、波兰新闻里装腔作势的访谈和流亡人士在美国的真访谈，一部电影人谈如何制作遥远地方事件的电影的室内剧，甚至一段制作人与虚构的卡斯特罗对话的旁白。还有第三世界的电影《赛多》（*Ceddo*，1977年）和《歌伦波》（*Quilombo*，1984年）带来了不同于西方历史逻辑和价值的表现模式，被罗森斯通视为预示20世纪叙事形式和现代主义或后现代主义再现模式的代表性作品。

　　罗森斯通的实际目的在于响应怀特20世纪70年代就提出的反对实证主义的历史诗学主张，以影视史学实践推进后现代主义取向的实验史学，促使历史学家重新思考历史的意义。怀特在1966年《历史的负担》一文中指责历史学家仍然是19世纪科学和艺术观念的守护者。他们对过时的"客观性""给定的事实"等观念的坚守使其忽略了事实背后艺术性的建构本质，远远落后于同时代乔伊斯、叶芝和易卜生等"贡献给现代文化的文学再现方法"。"20世纪一直没有人（除了小说家和诗人自己）在历史编纂方面进行超现实主义的、表现主义的或存在主义的重大尝试，尽管现时代的历史学家标榜自己具有'艺术才能'。历史学家似乎相信，历史叙述之唯一可能的形式是到19世纪晚期发展起来的英国小说中所采取的那种形式。其结果是，历史编纂'艺术'自身逐渐过时。"①罗森斯通在写作《神龛之镜：美国人在日本》（1988年）一书时，看到了怀特和安克斯密特的作品，深受启发。他认为怀特他们的理论为其历史研究提供了智力支持，"因为他们使我看到传统历

---

　　①　海登·怀特：《话语的转义——文化批评文集》，董立河译，大象出版社，2011年，第46—47页。

史的局限,从而预示了以新的不同的方式再现历史的可能性—其中就包含视觉媒体。"①他还将《历史的负担》视为号召对历史编纂学进行超现实主义、表现主义或存在主义式实验和创新的宣言。也由此他以怀特的理论为指导开展实验史学的尝试,"将历史从它自身的历史中解放,为今天和明天创新历史讲述的方式,适合时代感受的历史形式"②。1997 年,罗森斯通与芒斯洛(Alan Munslow)创刊《重思历史》,号召历史学家采用当代文学艺术表现形式书写实验性历史作品。他们所呼吁的"当代表现形式"和"当代感受"当然也离不开视觉媒体。

影视史学及实验史学实践,罗森斯通宣称,并不是对史学研究传统的攻击,而是对历史学家观念的冲击。它们是对"我们头脑中既有观念的攻击;对那些阻碍我们认识或创造需要我们发现的过去未发现的真相的观念的攻击",也是对"把自身掩饰为大写的真理的唯一真相的攻击;对那种坚持只要我们发掘过去遗存,只要我们已经研究了其轨迹就只有唯一一种意义传递方式,禁止并否认其他方式的攻击"。它们同时也是一种号召,"号召放开我们的视野和想象力去关注其他叙述、显示、再现的方式","号召我们在解释与过去的关系时发挥想象力,当我提到'我们'时我指那些受过历史训练,为增进历史知识,越是自信历史解释和实践创新所贯穿、评论和增补的历史话语就越广泛"。罗森斯通甚至乐观地倡导:"世界上的历史学家联合起来!你们唯一失去的仅仅是脚注而已。"③

三、影视史学的新进展

影视史学,其研究从无到有,理论积累与实践的发展交织在一起。由于跨越了电影和历史等领域,历史学家所受的挑战非常之大。不仅在理论构建方面需要融合提炼,在历史影视剧等实践创新方面也遇到很多困难。其中就有历史学家在影视剧制作中的位置问题。导演、编剧、制片人等电影人往往将历史学家视为史实细节的顾问,出于大众接受的目的也常常简化情节,或为故事牺牲史实。历史学家对此往往很无奈,毕竟很难遇到戴维斯或

①　Rosenstone, Robert A.. *History on Film/Film on History*. London and New York: Routledge, 2012: 8.

②　Jenkins, Keith, Morgan, Sue, & Munslow, Alun. Eds. *Manifestos for History*. London: Routledge, 2007: 12-13.

③　Jenkins, Keith, Morgan, Sue, & Munslow, Alun. Eds. *Manifestos for History*. London: Routledge, 2007: 18, 11.

罗森斯通那种直接参与编剧并与导演最大程度达成共识的好例子,还有因为他们本身未受过系统的电影制作或影视批评的训练,在电影人面前底气不足。受观念和专业所限,从事影视史学的历史学家少之又少。托普林曾认为以历史学家面貌出现的电影人在20世纪晚期承担了为广大观众解释过去的重任。学界由此恐惧未来公众的历史启蒙来源于媒介浅薄的产品,但让历史学家都变身为电影人显然是不可能的。托普林建议承认制片人、导演、编剧和剪辑作为历史学家的地位,考察电影人在历史编纂学语境中的实践方式。具体做法是对电影进行学术分析时追溯最影响电影人的书籍模板,思考专著中的论题如何作用于电影阐述。[1] 这种方式也是退而求其次的考量,由于专业的分割和大众趣味的影响,实际上操作性也不强。

　　然而,只要电子媒介在当今时代势不可当,大众文化对历史的需求方兴未艾,对影视史学的探索就会延续。近十几年来,影视史学实践发展迅速,不仅涉及的媒介范围不断扩大,内容和表现手法方面也有了更多的更新,为历史编纂学增添了新的声音。

　　首先,影视史学由最初的电影、电视扩展到图像、网络、电子游戏等多种媒介,历史研究与大众文化间的互动出现了许多新特点。

　　图像与历史的关系方面,图像被历史学家视为史学研究新的领域和新的动力。以往只有少数历史学家将图像当作书面文本和口头证词之外的可视证据来使用,以达到图像证史的目的。"即使有些历史学家使用了图像,在一般情况下也仅仅是将它们视为插图,不加说明地复制于书中。历史学家如果在行文中讨论了图像,这类证据往往也是用来说明作者通过其他方式已经做出的结论,而不是为了做出新的答案或提出新的问题。"[2]随着"图像转向"的发展,历史学家在记忆和后记忆研究、创伤理论、大屠杀研究、科学和技术研究及非裔离散研究等多阵地中考察图像本身的意义。他们以图像分析发掘新的主题,回答那些仅仅将图像作为历史资料受图像证史的局限无法解决的问题,以及那些艺术史分析中传统疆域之外的问题。图像成为社会附属物的审美的、物质的、文化的和精神的对象,处于追寻历史意义过程涉及的更广阔的语境中。[3] 例如,康恩(Steven Conn)分析美国内战中的

---

　　① Toplin,Robert Brent. The Filmmaker as Historian. *The American Historical Review*, 93.5(1988):1226-1227.

　　② 彼得·伯克:《图像证史》,杨豫译,北京大学出版社,2008年,第4页。

　　③ Tucker,Jennifer, Campt, Tina. Entwined Practices:Engagements with Photography in Historical Inquiry. *History and Theory*,Theme Issue 48(2009):3-4.

历史绘画时,发现描述"宏大风格历史绘画"的画家在构建内战的持久形象方面极不成功,原因在于受历史绘画叙事传统衰落的影响无法充分捕捉内战的意义和本质,而采用新再现形式的画家则表现突出。① 凯尔巴赫(Judith Keilbach)则分析了大屠杀照片的历史性和社会性功能:第三帝国时期受害者的图像目的是强化纳粹种族优越论的意识,而在战后德国同类的图像唤起对犹太人遭遇的同情。② 2009 年秋天卫斯理大学以"历史之眼:作为见证的相机"为主题举办展览、艺术家座谈、电影放映和工作坊,随后成果在《历史和理论》杂志《专题 48:图像和历史解释》中发表。③ 涉及的图像包括街景、世界新闻照片、肖像、插图、宣传画等多种类别,参与人员除学者、批评家之外还邀请了策展人和摄影师。大家充分肯定了图像提出新问题,考验人们历史认识和揭示(书面)历史分析局限的能力。

网络媒体、电子游戏与历史方面,历史学家从当前数字媒介中发现了重演历史的可能性,借新媒体的仿真性和体验性探索多元的历史再现方式,重新思考当代社会文化中的历史认识途径。早在 2002 年,美国西北大学(Northwestern University)、芝加哥历史学会和芝加哥艺术学院联合开设了一门涵盖历史和计算机技术的跨学科课程,历史学家和计算机科学家、软件工程师共同参与了此项教改项目。④ 历史背景或情节设置的电子游戏随后引起学界兴趣,成为历史学家分析的个案。勒杰克(Brain Rejack)将电子游戏作为一种历史重演的形式,分析个案《战火兄弟连》(2005 年)逼真再造了二战中的诺曼底登陆战况,并以游戏人物和剧情吸引玩家对历史产生移情式认同,但在团体配合涉及互动时反而牺牲了图像的现实感;这一缺陷在第一人称 3D 游戏《Façade》得以弥补,玩家与剧中设定人物交谈并影响人物间角色关系,逼真模拟了人类互动,为思考历史和游戏的交集提供了可能性。⑤

---

① Conn, Steven. Narrative Trauma and Civil War History Painting, or Why are These Pictures so Terrible? *History and Theory*, 41. 4(2002):17–42.

② Keibach, Judith, Wächter, Kirsten. Photographs, Symbolic Images, and the Holocaust: On the(IM)possibility of Depicting Historical Truth. *History and Theory*, 48. 2(2009):54–76.

③ Tucker, Jennifer, Campt, Tina. Entwined Practices: Engagements with Photography in Historical Inquiry. *History and Theory*, Theme Issue 48(2009):1–8.

④ Dannis, Brian, Smith, Carl, & Smith, Jonathan. Using Technology, Making History: A Collaborative Experiment in Interdisciplinary Teaching and Scholarship. *Rethinking History*, 8. 2 (2004):303–317.

⑤ Rejack, Brain. Toward a Virtual Reenactment of History: Video Games and the Recreation of the Past. *Rethinking History*, 11. 3(2007):411–425.

福古(Claudio Fogo)研究了电子游戏文化对新一代历史意识的影响作用。他认为电子游戏不再旨向叙述过程或因果以建构过去和现在间有意义的关联,而是提供对不断延伸环境中的空间经验的感官模拟。结果,游戏经验的真实效果取决于玩家和软件唤起之前经历的空间经验的能力,使历史本身无法再充当人类意识的重要载体。① 同样是讨论历史意识,坎斯坦纳(Wulf Kansteiner)则对电子游戏文化抱有信心。他相信电子游戏能够传达传统线性叙事媒介(图书、电影和电视)所不能触及的叙事复杂性,改写和再造历史文化,为我们的集体记忆(如当前德国青少年的历史认知)增添新的虚构性特征。②

电子媒介对于未来的历史编纂学究竟意味着什么? 英国历史学家蒂莫西·加顿艾什(Timothy Garton Ash)的回答构想了电子技术对历史编纂方式革新的可能性:"从光明的一面看,摄像机、卫星、手机、录音设备、文件扫描仪,以及上传它们的作品到万维网的技术简单易行,为记录、分享和辩论当前的历史创造了新的可能,更不用说为后代保存它了。想象一下,我们拥有奥斯特利茨战役的数字视频片段,查理一世在白厅宴会厅外被砍头的YouTube 视频片段,亚伯拉罕·林肯发表葛底斯堡演讲的手机照片,最好还有一份有关那些常常被历史遗忘的所谓'普通'人生活的音像样本。"③其将是一个新的历史世界,感知和认识过去的新途径。

其次,影视史学不再仅重视模拟书面史学的影像再现,直接通过影像记录当下历史的编纂方式也得到关注。罗森斯通、托普林等影视史学家以影像再现历史的前提是影视媒介对书面史学作品的转译,仍停留在书面史学的著述框架中。他们提及的纪录片也是事件发生长时间之后对当时镜头的再编辑和再创造,忽略了电视、电影中常见的另一种著史方式——新闻短片(newsreel)。在事件发生的现场实时记录影像并加以阐释,事实上是记者做新闻的方法。但当历史学家转向以记者的视角和方法记录和解释历史时,描述当下历史的"新"思路又回归到修昔底德记录当代历史的编纂学传统。

---

① Fogu, Claudio. Digitalizing Historical Consciousness. *History and Theory*, 48. 2 (2009):103–121.

② Jenkins, Keith, Morgan, Sue, & Munslow, Alun. *Manifestos for History*, New York: Routledge, 2007:131–148.

③ 蒂莫西·加顿艾什:《事实即颠覆:无以名之的十年的政治写作》,于金权译,广西师范大学出版社,2014 年,《序言》第 002–003 页。

奥康纳曾经以兴登堡飞艇爆炸事件①的新闻短片为例讨论镜头内外的历史再现。他认为,因为此事件与政治、经济和技术相关,对兴登堡灾难的历史分析需要研究:德国当时鼓励轻于空气的跨大西洋飞行设施发展的政策,飞艇的设计,决定使用可燃氢气的经济考虑,灾难损失数据,还有现今人们提及播音员的体验和心态,毕竟是他情绪化反应(如"哦,人类!")促使这一灾难被大众视为20世纪30年代最著名的事件。②卡伯特(David Culbert)和罗伊贝丁格(Martin Loiperdinger)研究了莱妮·雷芬斯塔尔著名的纳粹党纪录片《信仰的胜利》(1933年)和《意志的胜利》(1934年),揭示精心编排"事实"(如阅兵典礼、人群集会)的影片本身是纳粹党的早年竞争的宣传策略,展现了服务于政治决策过程的大众媒体的作用。③加顿艾什也分析过米洛舍维奇倒台时美国有线电视新闻网和英国广播公司播放的标志性镜头——示威人群占领国家电视台,认为此电视形象意味着反对派控制了南联盟官方政权制造形象的地方,击碎了独裁政府控制舆论的"电视巴士底狱"。④

究其根本,影视史学及相关史学实践追求的真实即罗森斯通所说的"隐喻的真实"。这种历史观念源于怀特的历史诗学,是史学家在历史实践上有意识地对实证主义史学的反拨,又是与历史之外的电影研究、艺术史、新闻传播等领域知识互涉的结果,也是连接过去与现在的历史意识和历史文化发展的结果。其充分重视媒介自身的特性,强调与传统史学书面、线性特质和"科学"认识结构相异的"艺术"表现。"屏幕上历史的力量源于独特的媒介特性,其沟通能力不仅仅是字面直观的,也不仅仅是如实的,而且是'诗性的和隐喻的'。"⑤毕竟当电影《窃听风暴》中虚构世界里的剧作家德莱曼坐

---

① 1937年5月6日,德国飞艇兴登堡号(Hindenburg zeppelin)在抵达美国新泽西州时爆炸坠落,35人罹难。有四家影视传媒机构拍摄到爆炸瞬间的影像,播音员赫伯特·莫里森(Herbert Morrison)现场解说的音频资料得以保存,尤其是他"哦,人类!"的感叹广为流传。因其事故原因未明,涉及美国与纳粹政府政治关系等,历史上猜测不断。

② O' Connor, John E. History in Images/Images in History: Reflections on the Importance of Film and Television Study for an Understanding of the Past. *The American Historical Review*, 93.5(1988):1201–1202.

③ O'Connor, John E. History in Images/Images in History: Reflections on the Importance of Film and Television Study for an Understanding of the Past. *The American Historical Review*, 93.5(1988):1202.

④ 蒂莫西·加顿艾什:《事实即颠覆:无以名之的十年的政治写作》,于金权译,广西师范大学出版社,2014年,第14–23页。

⑤ Rosenstone, Robert A. *History on Film/Film on History*. London and New York: Routledge, 2012:41.

在真实的前斯塔西(东德国家安全局)档案管理局的桌边查阅秘密警察对他的建档时,感受同现实世界中的加顿艾什以及其他任何对被监视的过去怀着复杂心情的平民一样。但不同于加顿艾什《档案:一部个人史》①的故事线却从虚构叙事的角度凝聚了更大范围、更深层次的历史真实。再现这种隐喻的真实,并最大程度上激发观众的共鸣,最好的途径仍在于影像。

第三节 "实践的过去":跨学科视域中的学科范式变革

怀特历史诗学理论对于历史编纂学的影响非常显著,最直接的表现就是修辞性历史编纂学的复归。不论其叙事主义历史哲学对新文化史代表的"叙事的复兴"的启发,还是其诗学观点对实验性历史写作和影视史学的指导,历史话语本身的叙事、修辞等再现形式和媒介成为关注重心。同时,在其大部分学术生涯中怀特在史学观点和方法论上坚持温和的后现代主义者的立场,并没有走向对实在论的解构、身份政治等激进的后结构主义思想。再现,可以说是他革新史学范式的主要论域,受他直接影响并产生较大效果的史学变革实际上是一场再现的革命。这些变革,最初集中在再现形式和媒介,进而与后结构主义合流,在怀特理论的基础上迈向后现代主义史学范式。它们在再现类型中属于怀特理论中的"实践的过去",特意与职业历史学家的"历史的过去"相对立。这些实践,革新了历史再现的形式及观念,虽然仍属史学边缘研究,但从整体的效果来看,已经撼动了现代史学范式基础上的历史研究传统,开辟了史学范式转换的新的可能性。

一、历史再现的新形式:"实践的过去"

早在 1966 年《历史的负担》一文中,怀特就指责历史学家仍然是 19 世纪科学和艺术观念的守护者,其再现手法落后于同时代乔伊斯、叶芝和易卜生等"贡献给现代文化的文学再现方法",批评"20 世纪一直没有人(除了小说家和诗人自己)在历史编纂方面进行超现实主义的、表现主义的或存在主义的重大尝试,……其结果是,历史编纂'艺术'自身逐渐过时。"②他希望现

---

① 蒂莫西·加顿艾什:《档案:一部个人史》,广西师范大学出版社,2015 年。
② 海登·怀特:《话语的转义——文化批评文集》,董立河译,大象出版社,2011 年,第 46—47 页。

代学院派历史编纂学家能够跟上同时代文学再现方式的发展,更新书写历史的方法。怀特多元的历史再现观最突出表现在《实践的过去》(The Practical Past)一文中。此文最早在 2008 年雅典的史学国际学术会议上提交,后发表在 2010 年的《历史人》(Historein)刊物上,并经过增补完善最终收录在 2014 年新出版的同名论文集中。①

怀特借政治哲学家迈克尔·奥克肖特(Michael Oakeshott)的概念"历史的过去"(the historical past)和"实践的过去"(the practical past)来描述两种不同的历史再现观念。"历史的过去"是"职业历史学家树立的整体的过去中那种修正过和体系化的版本,建立在经过其他史学家验证被历史上诉法庭认定为可接受的史料的基础上的实在"②。其仅在职业历史学家的著述中存在,是种封闭的形式,基本不具备理解或解释现在的价值,也不能指导现在的行动或对未来的预见。也就是说历史的过去没有生活经验的基础,不具有预测和指示功能。而"实践的过去"指"我们所有人在日常生活中的过去观念,不管如何都尽可能利用它寻求信息、想法、样本、准则和解决所有实际问题的策略,不论是针对私人事务还是大的政治活动"④。它体现为一种被抑制的记忆、梦和欲望的过去,又是日常生活中实用的过去策略,个人或群体以此解决问题和提升生存技巧。也就意味着,实践的过去是职业历史学家之外的普通人日常生活经验中的过去,具有实用价值。怀特还认为"实践"(practical)一词应该从康德实践理性问题"我应该做什么?"来理解,做事情(即实践的必要性)是人们与生俱来的意识。

怀特在历史学科职业化过程中区分"历史的过去"和"实践的过去"的不同表现,寄希望于被兰克历史主义史观和现代史学范式抑制的思辨的历史哲学。怀特认为,在现代学科建制之前,修辞性的历史编纂学关注过去的实用效能,是否能够以史为鉴,又能否预测未来。对于个人和群体,当遇到"我或者我们应该做什么"的伦理问题时,实践的过去意味着记忆、梦幻、畅想、经验和想象的过往,能够指导人们认识当前情形,处理问题或做出价值判断,如古希腊时代历史被视为教学性的最优秀的实用知识。但是,19 世纪在历史主义观念主导下的兰克科学史学和实证主义史学开始转向科学范式,关注过去特定时代的特定事件,切断过去与现在之间的关联,并杜绝主观性

---

① 海登·怀特:《论实用的过去》,张文涛译,《山东社会科学》,2009 年第 3 期。White,Hayden. "The Practical Past." *Historein*, 10 (2010):10 – 18. White,Hayden. *The Practical Past*. Evanston:Northwestern University Press,2014:3–24.

②④ White,Hayden. *The Practical Past*. Evanston:Northwestern University Press,2014:9.

认识。尤其是形成了事实(fact)与虚构(fiction)的区隔,事实被认为是客观的,而虚构则被贬为虚假、错误的表现。修辞和讲故事被斥为文学的伎俩,被极力排除出历史研究。这种过去观念也就无法对人们的日常生活行为、伦理价值进行指引,仅局限于无法恢复的历史。到 20 世纪,常识性的经验主义继续鼓吹意识形态的中立,并鄙视孔德、黑格尔和马克思传下来的又被斯宾格勒、汤因比和克罗齐光大的历史哲学,斥之为意识形态或伪装为"历史科学"的宗教预言。而怀特现在希望回归的正是这种与历史主义史观秉承的"历史的过去"不同,能够将秩序和理性带入"实践的过去"的思辨历史哲学。此历史哲学是过去黑格尔意义上的,被大家当作宗教启示论、形而上学或神话的世俗形式,正因为这种视点,思辨的历史哲学实际上也是受实用主张影响,针对的是"实践的过去"。

　　同时,怀特还将这两种过去观念置入史学史与文学史的对比中,主要目的在于以"实践的过去"多元的、生动的文学再现方式抵制科学史学单一的、僵化的再现形式,实现对历史事件的再现观念的革新。怀特引用米歇尔·德塞都(Michel de Certeau)的说法"虚构是历史被抑制的他者",来解释文学和历史在表述事实方面的家族相似性关系。19 世纪之前,文史不分家,修辞、叙事和虚构等文学特征和伦理实用价值是文学和历史编纂学共同享有的。其历史观都是实践的过去,如 18 世纪的现代小说对中产阶级女性而言就可以看成怎样生存的手册。19 世纪现代学科建制以来,客观性、真理、实证主义和科学主义等观念盛行,史学和其他人类科学中的历史主义思维蔓延至文学研究。怀特认为,"19 世纪早期历史成功地将自身改造成科学或超科学的学科的方法之一就是将历史编纂学从它和修辞长达千年的关系中分离出去。在此之后,又被分离出纯文学,那种非专业人士和业余爱好者的活动,一种更富'创造力'、更具'诗性'的写作,其中想象、直觉、激情,甚至偏见都被许以优先权,凌驾于对精确、简明、平实的考量及常识"①。文学现实主义者开始像现代史学家一样在创作理念上排斥修辞,排斥修辞里面某些大量信息出于劝说、激起行动、诱导崇拜或厌恶等实践功用的涌现,如福楼拜就蔑视修辞的代名词——他说法中的"风格",提倡客观而无动于衷的创作。但是,20 世纪以来,在描述历史事实上,现代主义和后现代主义历史小说的发展为历史编纂学提供了榜样。现代主义者,如康拉德、普鲁斯特、乔伊斯等人的主要兴趣对象是过去和现在,也是记忆和知觉之间的关系。在其作

---

① White,Hayden. *The Practical Past*. Evanston:Northwestern University Press,2014:8.

品中,他们常以非理性主义和精神错乱为内容,刻意扭曲事实的真相,表面看回归到艾略特评价乔伊斯的《尤利西斯》的那种"神话的方法"。然而,他们表现的是心理世界的最高真实,那种一瞬间就能感知到的"神秘的抽象王国",而不再是现实主义机械的模拟外在"客观"世界。同时,现代主义者"似乎反对'历史'作为原因,而是将其视为如何处理受历史残余压抑的现在之问题的解决方法"①。也就是说,文学现代主义是一种创造性的另类历史再现,也介入了历史的实用性问题,仍属于"实践的历史"。

后现代主义小说再现历史的形式与现代主义文学明显不同,它又重新回归到 19 世纪司各特、大仲马和巴尔扎克的历史小说类型。大多数后现代主义文学家都不约而同地选择写作历史小说,在品钦、梅勒、卡波特、库切等人的小说中事实和想象混为一体,意识形态色彩突出,对语言、形式和写作行为的关注远远大于其表现内容。尤其是历史叙事的元小说,即琳达·哈琴的"历史编纂元小说",其"既具有强烈的自我指涉性,又自相矛盾地宣称与历史事件和人物有关"②,"不仅是彻底的自我关照的艺术,而且还根植于历史的、社会的和政治的现实之中"③。在元小说中,"一切对真实与想象、意识与无意识、过去与现在、真实与非真实所作的区分将被废除"④,作者时不时冒出来与小说人物或读者讨论情节,对书中文字评头论足。怀特认为,在这种历史再现方式里故事的形式仅是使事实及讨论事实本质、关系的信息更有趣,当读者读后从书中认识到过去的生活,完全可以甩开虚构的梯子。这些后现代历史小说家,在怀特看来,"挑战了'历史事实'构成的教条以及那些评价真实的过去或现在的话语是不是现实主义的标准"⑤。用哈琴的话来讲,"后现代小说并没有切断与历史和世界的关系,它只是凸显并以此来挑战那种有关(语言再现与世界和历史之间)无缝对接的设想的惯例性和未被招认的意识形态,同时要求读者去反思我们借以对自身再现自我和世界

---

① White,Hayden. *The Practical Past*. Evanston:Northwestern University Press,2014:17.

② Hutcheon,Linda. *The Poetics of Postmodernism:History,Theory,Fiction*. New York and London:Routledge,1988:5.

③ 琳达·哈切恩:《加拿大后现代主义——加拿大现代英语小说研究》,赵伐、郭昌瑜译,重庆出版社,1994 年,第 29 页。

④ 陈后亮:《历史书写元小说的再现政治与历史问题》,《当代外国文学》,2010 年第 3 期,第 34 页。

⑤ White,Hayden. *The Practical Past*. Evanston:Northwestern University Press,2014:17-18.

的过程,从而认清我们在自己的特定文化中对经验加以理解并建构秩序的那些方式"①。因此,后现代小说中的历史再现也是基于现时立场对过去的一种关联,具有伦理的指引作用,也属于"实践的历史"。

从历史事实的本质来看,怀特提倡的现代主义和后现代主义小说的历史再现方式都是一种隐喻的真实。隐喻,在这里指向认知和思维的方法,是日常生活中以一种经验部分建构另一种经验的方式。以怀特分析泽巴尔德的后现代小说《奥斯特里茨》为例,此小说中融合了大量历史的、经验的和有文件可查的事实,很难归为虚构作品,但其情节是虚构的,使用的文学技巧通过虚构来证实关于真实世界的伦理或道德判断。也就是指,作者以虚构的小说形式建构了历史世界的"真实"本质。这种关联性,不能从字面意义来推导,而需借助比喻编码的方式。按照乔治·莱考夫(George Lakoff)的隐喻理论,隐喻的本质是"通过另一种事物来理解和体验当前的事物"②,是生活中我们思想和行为所依据的概念系统的基础,而我们通常意识不到此概念系统的存在,源概念和目标概念间的关联也常常表现为隐藏的关系。此外,"隐喻可以创造现实,尤其是社会现实。因此,隐喻可以成为未来行动的指南"③。以怀特的观点来看,只要参与了叙事的进程,就会将表述对象转换成另一概念系统,小说虚构形式和事实这两种概念系统最终经由隐喻思维被关联,虚构建构出了事实的真相,一种更高层次的"真实"的本质。

同样,小说虚构形式和事实之间的隐喻还可以推动对现实的改造,尤其是在伦理或道德上的作用。这也是怀特提出"实践的历史"最终的应有之义。在他选择的小说文本中,《奥斯特里茨》关乎大屠杀,莫里森的《宠儿》关乎奴隶制和女权。一方面,他对大屠杀再现的另类形式——后现代历史小说的关注延续了他关于"现代性事件"可以有多元再现方式的观点,更值得注意的是他开始转向论述意识形态性和主体道德责任,阐释"实践的历史"的伦理实用效能塑造行为,突破了之前仅就叙事解释模型而论大屠杀再现方式是否可以多元化时面临的道德窘境。另一方面,怀特赞成莫里森以作者的现代女性身份介入历史文本的叙事,承认主体建构行为及其背后的身

① Hutcheon, Linda. *The Politics of Postmodernism*. New York and London: Routledge, 1989:53.

② 乔治·莱考夫,马克·约翰逊:《我们赖以生存的隐喻》,何文忠译,浙江大学出版社,2015年,第3页。

③ 乔治·莱考夫,马克·约翰逊:《我们赖以生存的隐喻》,何文忠译,浙江大学出版社,2015年,第142页。

份政治,在对待文本之外主体的社会政治行为方面立场已经发生了转变,从文本主义和语言论的理论基础转向语言的述行性表述的身份政治。正如他自己对之前失误的解释:在原来事实和虚构的关系中,话语主导的阐释体系由于要忠实于指涉对象继承了再现的惯例,仅仅将话语中的非字面意义与文学再现关联,"我过于急切地补充,我还没有准备好把这种观念扩展到历史话语的领域之外,对于历史话语,它非常典型地要处理指涉对象——过去,因此不再对经验的审视开放"①。从话语体系之外来考察其实是非常必要的,因为"历史教给我们道德教训,不管我们是否意识到,仅凭借投出以故事形式出现的过去的陈述就能够实现"②。

二、再现的革命与学科范式的后现代变革

怀特关于"实践的过去"的论述是对其前期和后期历史再现(representation)观点的整合和修正。前期或他大部分学术生涯里,怀特提倡文学现代主义的再现形式革新历史编纂学实践,而近年来他开始转向后现代主义小说思考再现中的主体和意识形态话题。其主张都是围绕再现问题,包含多元再现形式和再现的社会效用。他本人一直否认人们对他反实在论的指控,多次强调历史事件(实在)与历史事实(话语的历史建构)的区别,并没有解构历史话语与实在间的指涉关系,只是反对简单地将话语等同于实在,把事物和再现直接对应,反对忽视语言模式在再现实在过程中的中介作用。其后期对再现中主体和意识形态的关注也并没有倒向对实在论的解构,可以看作是对他再现观点的一种修正,而不是完全转向激进的后结构主义理念。之所以围绕再现问题革新史学范式,与怀特历史学家的学科背景分不开关系。对于历史学家,研究对象——过去的历史事件一定是客观存在的,怀特只是想指出职业历史学家对所得到的历史事实的"客观性"和自身权威的痴迷是不必要的,它们是学科职业化和专业化历史进程的结果,是建构出来的"高尚的梦想"。此外,从怀特理论中符号学的路径来看,其观点也不可能是反实在论的。怀特借鉴了巴特的符号学思想,而巴特则从索绪尔那里继承的。索绪尔提出符号任意性原则,但同时说明这种任意性建立在语言本质是一种社会制度或社会规范的基础上。巴特在《符号学原理》中重申了这一思想,强调"语言结构既是一种社会性的制度系统,又是一种

---

① ②   White, Hayden. *The Practical Past*. Evanston: Northwestern University Press, 2014:20.

值项系统"①。因此,怀特仅围绕历史话语的再现问题,而没有完全脱离实在论。

怀特在历史诗学理论提出后呼吁历史编纂学多元再现方式的改革,其原因部分出于他对实在论的难以割舍,其文本主义方法论的局限,也有从再现问题入手比较容易挑战传统史学范式的策略性选择因素。这一主张很快被历史编纂学的革新者吸收,应用于他们的历史书写实践。他们的"实践的过去"就是针对传统职业史学家"历史的过去"中的"客观性""科学"和叙述者权威的谬误,构建另一种多元历史再现的模式。在"叙事的复兴"中,新文化史关注文本、修辞和叙事,重返虚构和想象的建构性本质,以新的语言再现形式和文化观念革新传统史学认识论和方法论,在一定意义上是对怀特再现观念的实践。受怀特的直接影响,现代主义、后现代主义的实验性写作被引入历史编纂学,小说和新闻等表现方法以及反事实的想象出现在非传统的历史书写中,影视史学更是从再现媒介的更新上丰富了史学研究对象和方法。这些实践,已经可以称为一场"再现的革命"。它们革新了历史再现的形式和观念,大多数都在此基础上转向后现代主义话语理论,为"解决历史事件关系中的客观性与主观性对立的问题,历史事件描述中事实和虚构的问题,以及历史进程的再现中解释和叙事间的冲突"②指明了方向。其也产生了直接后果:"历史事实再现中的后现代主义实验使我们超越了职业历史学家和业余史学家或'实践的'学习历史的学生间的区隔。没有人拥有过去,没有人能垄断研究过去的方法,或者,关于如何研究过去和现在关系的方法。"③

再现问题,在怀特的讨论中集中在文学再现方式和主观性建构的意识形态因素方面。一方面,提出现代主义和后现代主义的文学再现方式,主要为抵制职业历史学家"科学的"再现观念。他们参照科学实在论,认为事实总是独立于人们认知之外,可以凭借科学的方法准确再现,这种再现只是一种对真理的镜式的反映或"发现"。真理也就被定义为"成功跨越主体和客

---

①　罗兰·巴尔特:《符号学原理》,李幼蒸译,中国人民大学出版社,2012 年,第 4 页。

②　Jenkins, Keith, Morgan, Sue, Munslow, Alun. Eds. *Manifestos for History*. London and New York: Routledge, 2007: 230.

③　Jenkins, Keith, Morgan, Sue, Munslow, Alun. Eds. *Manifestos for History*. London and New York: Routledge, 2007: 231.

体的本体论边界,并成功获取独立事实内在本质"①的表现。科学的再现观念排斥叙事、想象、修辞等文学再现形式在知识生产中的存在,对应文学中的现实主义方法。而怀特及那些实验性再现方式的探索者借鉴现代主义和后现代主义的文学再现模式不仅为证实叙事、想象和修辞在人们关于再现的深层认知体系中不可或缺,也是为提供一种与科学再现的"真理"和"事实"所不同的隐喻的真实。另一方面,怀特近期开始关注后现代主义小说中主观性建构的意识形态因素,实际上是借文学再现话语的述行性特征将过去与现在政治意图相连,为后现代主义历史书写正名。在受其影响的众多实验性历史写作者都转向后结构主义思想时,怀特还坚持自己是现代主义者,其文本主义、结构主义和形式主义的方法确实相对保守。以至于詹金斯等后继者产生了困惑,认为怀特"表述次序可能'有误',特别是,他对意识形态范畴的轻描淡写,更是令人出乎意料"②。他们将意识形态置于转义之前,带有身份政治的诉求。这些评论以及后结构主义史学实践,与后现代主义小说文类方面的相似性愈来愈多,很难说怀特不受它们影响。在当前情况下,怀特的适时转向和修正可能就是对它们的一种积极回应。

需要注意的是,这些"实践的过去"的革新实践,与职业史学家"历史的过去"的主流实践相比仍属于边缘,但已经形成了不可忽视的力量,对史学范式变革有着非常重要的意义。1998 年,时理查德·范恩统计了 1973 年至 1993 年间史学界对怀特的接受情况,认为《元史学》的影响力和引用率远远高于怀特之后的作品,当时的职业史学家发现很少能在日常"技艺"的实践中从怀特理论获益。③ 这种情况已经发生了改变,但却是历史阵营的分裂:坚守现代学科范式的主流史学与主张历史书写实验的革新派几乎各立门户。怀特的作品和评述其的论文大都发表在《历史与理论》《反思历史》《新文学史》《批评探索》等新兴历史理论刊物和跨学科文学刊物上,很少出现在老牌美国历史学会会刊《美国历史评论》中。尤其是《反思历史》这份1997 年创刊的史学刊物汇集了阿伦·蒙斯洛(Alun Munslow)、基思·詹金斯(Keith Jenkins)、罗伯特·罗森斯通(Robert A. Rossenstone)等大批后现代

---

① Ward,Steven C. *Refiguring Truth:Postmodernism,Science Studies,and the Search for a New Model of Knowledge.* New York and London:Rowman & Littlefield Publishers,1996:13.

② 基思·詹金斯:《论"历史是什么?"——从卡尔和艾尔顿到罗蒂和怀特》,江政宽译,商务印书馆,2007 年,第 208 页。

③ Vann,Richard T. The Reception of Hayden White. *History and Theory*,37.2(1998):143–161.

史学家,他们的观点和实践深受怀特的影响。《反思历史》还组织了多次对怀特的专题讨论,尽管《元史学》还是大家熟悉的话题,但他们从新的角度、从自身史学实践高度评价怀特及其理论的启蒙意义和指导价值,对怀特的转义理论、《历史的负担》、最近的《实践的过去》等内容都有所评介。其还组织了关于历史中的创意写作、历史和小说、历史和网络、影视史学、图像小说、叙事实验等多种专题的探讨,显露出历史研究的先锋派的姿态。怀特意识到这些年轻学者在"解放"(liberating)的意义上借用其理论进行革新,他们是因为诚意研究过去却受史学传统范式所挫的情况下才转向自己的,对这种将其理论"作为一种祛魅方式和显现探究历史的语境相关的价值的方式"①感到欣慰。这些革新实践,怀特认为是对亚里士多德以来的哲学或科学式的世界观的反叛,不再纠结于本质、行动、激情等目的,也不再受"牛顿式现代科学和主体、语言和价值等现代概念"束缚,是"更具激进倾向的实践者的最奇异的实验"。② 但是,怀特觉得这种历史学科的范式转换并不是全然崩溃的,因为在新的挑战面前,旧有人文学科范式危如累卵但仍被作为教育系统的基础,当受背离和背叛时会习惯性的愧疚。由此可见,尽管后现代史学实践已经撼动了现代史学范式基础上的历史研究传统,开辟了史学范式转换的新的可能性,但真正当后现代学术文化到来时,学科范式转换之不易。

---

① Sklokin, Volodymyr. It is Not So Much a Paradigm Shift as a Total Breakdown… A Conversation with Prof. Hayden White. http://historians. in. ua/index. php/intervyu/258 – it – is – not – so – much – a – paradigm – shift – as – a – total – breakedown – a – conversation – with – prof – hayden – white

② Sklokin, Volodymyr. It is Not So Much a Paradigm Shift as a Total Breakdown… A Conversation with Prof. Hayden White. http://historians. in. ua/index. php/intervyu/258 – it – is – not – so – much – a – paradigm – shift – as – a – total – breakedown – a – conversation – with – prof – hayden – white

第四章 | 海登·怀特历史诗学的再解读与启示

从学科共同体的归属上看,怀特游离在历史和文学之间:在史学界,由于其历史哲学、历史理论对现代史学范式的抵制,他更像一个异端;在历史哲学领域,哲学家出身的学者极力将其理论纳入分析的历史哲学传统,从继承性来标定怀特所属的体系;文学界则为其历史作为文学制品的声明而欢呼,笼统地将他纳入新历史主义的阵营。他们对怀特的评价更多出于各自不同的学科视野,而忽略了其历史诗学在跨学科方法论方面的意义以及其背后的后现代学术文化旨向。

我们认为,怀特历史诗学理论不仅仅是学科交叉的现象,更是纵深层面学科互涉的产物,是 20 世纪 60 年代以来人文社会科学文学转向和后现代转向的典型代表。怀特诗学路径的提出与实证主义、经验主义和科学主义等社会科学范式所导致的学科危机密切相关,这种危机普遍出现在人文社会科学各个知识领域,同时伴随着西方社会整体性的后现代文化思潮的涌起。人文研究如何应对现代知识型危机?"文学"的归来和"理论"的崛起对社会科学意味着什么? 在后现代文化中的价值何在? 这些问题都需要从学科互涉和后现代文化的角度来思考,重新借鉴辛普森 20 世纪 90 年代就提出的"学术后现代"来理解怀特诗学路径以及其他相同文学转向的意义,才有可能对怀特、对其历史诗学做出更恰当的解读,对这一方兴未艾的学科互涉现象的当代价值给予新的关注。

第一节 学科互涉视角中的怀特与历史诗学

以赛亚·伯林曾经以刺猬和狐狸来比喻思想家与普通人之间的认识差异:前一类人"思想人格与艺术人格属于刺猬","凡事归系于某个单一的中心识见、一个多多少少连贯密合成条理明备的体系……将一切归纳于某个单一、普遍、具有统摄组织作用的原则,他们的人、他们的言论,必唯本此原则,才有意义";后一类人则属于狐狸,他们"追逐许多目的,而诸目的往往互无关连,甚至经常彼此矛盾……他们的思想或零散,或漫射,在许多层次上运动,捕取百种千般经验与对象的实相与本质,而未有意或无意把这些实相与本质融入或排斥于某个始终不变、无所不包,有时自相矛盾又不完全、有时则狂热的一元内在识见"。①

按照这种分类,怀特无疑是狐狸式的知识分子。他几乎所有的理论资源都借自他人:叙事解释模式中的情节化模式取自弗莱的《批评剖析四论》,论证模式依据佩珀《世界的构想》中的四种范式,意识形态蕴涵模式采用曼海姆《意识形态与乌托邦》中的类别;比喻理论及转义机制则源自维科、雅各布森和伯克等人的诗学论述;比喻实在论(现实主义)和现代主义观念取自奥尔巴赫的《模仿论》;后期理论中的"实践的过去"和"历史的过去"是对奥克肖特《历史是什么?》中概念的引用。然而,怀特并不仅仅是整合这些模式和观念,而是围绕诗学和历史建构出自己的叙事主义历史哲学体系,将各种概念在阐释效果上完全融合进其理论,甚至可以以其为范式分析新的历史作品。尽管他反对后人照搬其历史诗学模式,提倡多元解读,但不可否认的是,他的叙事解释模式操作性相当强,以致其每种模式中常见的四类划分往往或被人误读,或遭人戏谑他对数字"4"的沉迷。从学科互涉的角度来看,这种概念、方法和思想的混杂性超出了同质的、等级的学科知识边界,重新配置了原有的学科知识体系,体现出跨学科性和社会性的弥散(即知识在潜在知识场所之间和不同的应用环境中传播)②的特征。同时,怀特理论的出发点从最初《历史的负担》一文开始就是针对传统史学范式——兰克科学史学和分析历史哲学的批判,表现出对历史本体论和权威的质疑的反思性特征。此外,怀特从文学研究中汲取的叙事、修辞、话语和文本等概念本身就具备边界概念的功能,当应用于历史编纂学时将反映论的历史实践活动转换为意义的建构,并且它们附带的后结构主义文化色彩也自然转化至历史理论之中,由此推动历史作为话语和叙事的存在之类的后现代主义观念,在文化视角下表现出强烈的情景化特征。这些表明怀特的历史诗学已经具备新知识生产的特征,属于纵深层面的学科互涉实践。

怀特历史诗学的另一独特性来自他对文学文化和文学理论的推崇,但

---

① 以赛亚·伯林:《俄国思想家》,彭淮栋译,译林出版社,2001年,第26—27页。
② 迈克尔·吉本斯等著:《知识生产的新模式:当代社会科学与研究的动力学》,陈洪捷、沈文钦等译,北京大学出版社,2011年,第15页。

其引入的文学性和文学观念更多集中在结构主义叙事理论、古典修辞学、结构主义语言学、传统人文思想和现代主义文学观,在文学认识上既是观念的杂糅,又滞后于当时文学理论的进展。这就体现出一种出于学科知识构成差异的矛盾:历史等人文社会科学知识领域自现代学科建制以来努力朝科学一维靠齐,排斥人文属性,思想上文化保守主义盛行;这种学科意识严重束缚了革新者的观念,每一步微小的改变都意味着承受了巨大的压力,客观性、符合论真理观和进步性等现代学科理念根深蒂固,最先流行于文学领域的后现代主义更似想象中的敌人;而学者对跨学科知识的接受也存在断层,他们所受的是传统人文教育,对 20 世纪 60 年代以来文学理论的发展及其最新成果有一个接受的过程,或有意识地选择最符合其知识背景和最适合其学科知识变革的文学和文化理论。历史一直被认为是人文社会科学最保守的学科之一,可想而知对其的改进是多么不易。但是,只要方法和观念前进一小步,这个传统的分离效果就非常显著,尽管只能出自传统之外毗邻知识系统的作用。值得注意的是,怀特理论生发于 20 世纪 60 年代的时代背景中,在这个激动人心的年代社会思想激烈动荡,劳工阶层、女性、黑人等新阶层力量在学界涌现,怀特本人的思想是非常激进的。他不仅参与了大学里学生抗议活动和教学计划的改革,还曾在 1973 年(《元史学》出版年)在加利福尼亚高等法院起诉当时的警察局长爱德华·戴维斯,抗议其布置警员入校以学生的身份在课堂上搜集反战言论以鉴别反战运动的积极分子[1],怀特也多次提及自己是马克思主义者。但是在历史理论方面,怀特并没有像文学界左派知识分子那样投身于后结构主义洪流,也没有从身份政治的角度完全解构历史实在[2]。他所做的仅限于语言论,依靠叙事、修辞、虚构等文学性特征和转义的语言学模式,将历史学家和历史哲学家的历史文本的话语特性与文学话语类比,是一种文本主义和多元再现论的路径,也并没有否定历史实在。这种做法放在文学界稍显保守和滞后,但对于其历史学家的身份和知识背景,对于整体上守旧的历史学科,无疑是种重大的革新。这也意味着怀特理论中的一种矛盾,一种激进的思想观念与方法上相对保守之间

---

① See Domanska, Ewa. Hayden White and Liberation Historiography. *Rethinking History*, 19.4(2015):640–641.

② 怀特晚年观点转变,在 2014 年出版的《实践的历史》书中转向认同历史的政治、伦理等实用功能,当然仍参照文学,尤其是小说中对历史再现的政治表达,如对莫里森小说的分析。参见 White, Hayden. *The Practical Past*. Evanston:Northwestern University Press, 2014:21–24.

的矛盾,其原因更大程度上应归于学科知识发展上的不平衡。

同时,怀特的历史诗学理论还有一种独特表现:由于他始终处于历史和文学两类知识共同体之间,身份的游离使其实际上被当作跨学科的"理论家",甚至是学术明星,这也是 20 世纪 60 年代以来文学领域"理论"取代"文学理论"现象的副产品之一。文学一词本身是 18 世纪的产物,文学理论又是"现代人文学科构架中形成的","是现代性学科分化和专业化的产物"①。细究起来,形式主义文论和"新批评"奠立的语言学模式和审美取向是现代文学学科的基础,文学研究被认为是"文学理论"的研究,关于文学语言特性(如文学性)的本质主义的内部研究。情况很快发生了变化。到 20 世纪 60 年代以后,文学研究在 20 世纪学术史中扮演着"理论的帝国统帅"的角色,"不但开拓了'帝国'内部的疆界,而且还对其他学科领域进行'殖民'"②。形形色色的哲学、心理学、政治学、历史学、社会学等观点凸显在文学的理论中,以问题为导向建立的文化研究及其机构被归入文学学科,种种文化思潮经由文学得以突显并渗入到社会实践中:文学学科的边界被打破,跨学科的"理论"成为文学的代名词。许多非文学学科的学者突然发现自己已经成为"理论家",如同巴特勒"我一开始发表性别理论的文章,就接到了不少文学系的演讲邀请,邀请我去讨论我们称之为'理论'的东西。我变成了所谓的'理论家'"③。怀特的诗学转向正是发生在这个"理论"的阶段:除其方法论上引入跨学科的文学模式革新历史编纂学范式之外,他在学术共同体中受认同的程度不一。历史学界开会时甚至有史学家认为其是历史哲学家或文学理论家,忘记了其研究中世纪教会史的历史学家的出身。怀特大部分论文发表在 60 年代之后出现的学科互涉的文学刊物上,如《新文学史》和《批评探索》,以及历史哲学刊物《历史与理论》,仅有一篇发表在史学主流期刊《美国历史评论》。甚至在其《历史的负担》一文在《历史与理论》上发表之后,他的诗学观点被认为过于前卫而转向《新文学史》等文学刊物投稿。文学界对怀特历史诗学的研究路径非常感兴趣,怀特的盛大声誉几乎兴起于文学共同体,文学理论也为怀特理论的发展提供了资源。因此,从学科互涉的组织和情境来看,怀特的历史诗学是文学文化转型和文学共同体认同的成果。

整体来看,怀特的理论并非始终完整一致,在表意上也并非无懈可击。

---

①② 周宪:《文学理论、理论与后理论》,《文学评论》,2008 年第 5 期,第 82 页。
③ 朱迪斯·巴特勒:《消解性别》,郭劼译,上海三联书店,2009 年,第 247 页。

史学界常见的批评是针对他的反实在论、语言决定论和后现代主义思想。怀特则通过区分历史事件与历史事实,强调历史文本的话语特征和虚构的"建构"内涵等为自己辩解,早期更是宣称自己是"现代主义者",否认这些指控。实际上,这些难以沟通之处或者说他理论的缺陷很大程度上源自学科知识和学科文化间的差异。怀特的历史诗学回归到混杂的文学理论、观念和文学文化,从学科互涉角度讲是种正常的知识创新模式,是后现代文化延伸至人文社会科学认识论的结果。以亚里士多德以来的西方现代知识体系和价值来看,后现代主义知识结构和文化无疑是无法沟通的,毕竟符合论真理观与融贯论真理观、客观性本质论与相对主义的语言观和再现观,科学主义研究范式与修辞、叙事阐释模式几乎完全不相容。另外,怀特理论最容易引发质疑的地方也正是他对引入的文学模式有效性的坚持。文本主义是其理论的基础,将史学研究对象界定为历史文本中的历史话语,虽然他强调了文本的叙事性散文话语特征,但文本(尤其是怀特意义上的前辈历史学家的作品,即文献)不全是史学家面对的史料,文物、遗迹、建筑、雕塑和绘画等非文字、非叙述的实物史料以及口述史料不能直接套用其理论来解释。还有,其理论预设的前提之一是过去或历史事件与事后再现间的时间差距,人们永远无法回到历史现场,只能通过重演来建构事件。但是,当代的历史写作已经颠覆了这一认知。1931 年卡尔·贝克尔(Carl Becker)发表的美国历史学会主席就职演说"人人都是他自己的历史学家"[1]就已经提及普通人日常生活活动与历史本质——说过和做过的事情的记忆的相关性,将历史定位于社会记忆的延伸。当代的历史书写更是突破了学术身份的局限,突破了作者事后重演事件的时间限制,用更极端的说法——人人可以书写当下历史。许多历史学家同时也是记者,他们出现在事发现场,进行综合的调研并及时写作。例如,加顿艾什见证了东欧国家的"颜色革命"进程,2000 年米洛舍维奇倒台时他就在贝尔格莱德现场,当即采访当事人及民众,以一种"事实文学"(literature of facts)的方式记录"当下历史"(history of present)。[2] 同样,处于历史事件中的普通人也可以书写历史,无关于他们是否受过历史学科的培训。如卡蒂·马顿以家族史的书写方式查阅冷战时期匈牙利秘密警察监视其父母长达 20 年的档案,通过回忆、拜访当事人等举措复原那段不堪

① See Becker, Carl. Everyman His Own Historian. *American Historical Review*, 37. 2 (1932):221-236.

② 蒂莫西·加顿艾什:《事实即颠覆:无以名之的十年的政治写作》,于金权译,广西师范大学出版社,2014 年。

回首的历史。① 其作品采用了创意写作的手法,但本质上还是历史书写。类似的例子还有很多,更不用说当前互联网时代网络书写的便利条件了。

第二节　人文社会科学的"文学转向"

20 世纪 80 年代前后,怀特历史诗学代表的"文学转向"在人文社会科学的多个领域中广泛展开。修辞、叙事、想象、虚构等文学话语特征和文学理论(广义上被认为属于文学的"理论")被学科的革新者引入方法论、认识论和价值论论域,文学成为质疑现代学科范式和传统学科价值的助推器,推进了人文社会科学整体知识的后现代转向。其中,文学或作为现代学科体制建立之前的前学科因素而被回溯、重申,或以后结构主义"理论"的面貌出现,但都是作为与客观主义的科学研究模式对立的人文思维逻辑被强调的。这种转向体现的"后现代主义"倾向更侧重于对知识状态和思维、认识方式的描述,即对现代性所追求的真理、理性、进步观、普遍性等评判知识价值的标准和模式的质疑。从知识构成的角度看,此意义上的"后现代主义"或"后现代"更接近福柯的"知识型"概念,指向特定时期知识领域不同科学间关系的集合,含有某些共通的认识论、方法论和主要议题。在类型上,其可被视为文艺复兴时期的知识型、古典时期知识型和现代时期知识型之后的另一种转换,即后现代知识型。同时,其呈现的学科边界渗透的研究路径,恰恰属于纵深层面学科互融、理论革新的"学科互涉"表现。

现代意义上的学科规范产生于 19 世纪,至 20 世纪初自然科学、社会科学和人文学科的学科基础及学科机制已经奠立。而自 20 世纪 60 年代以来,西方社会的急剧变动以及文化教育领域自由人文主义的式微,加之新阶层和新自由主义的崛起等因素,在原有学科内部出现了一些革新趋势,表现为对旧学科范式的质疑与跨学科知识转型的提出。其原因一方面是学科体制化之后由于传统认识模式固化而导致的学科内部对后学科学术研究的转向需要,及学科中革新派对整体社会时代特征的主动回应,另一方面实际上与后现代文化对现代社会知识构成模式的反拨有关:启蒙时期奠定的客观性、确定性和决定论的消退,整体论方法为地方主义所挑战,不确定性和复杂性认识论地位的凸显,都对现代学科范式的局限性提出了质疑。

---

① 卡蒂·马顿:《布达佩斯往事:冷战时期一个东欧家庭的秘密档案》,毛俊杰译,广西师范大学出版社,2016 年。

　　怀特的历史诗学理论就产生于这种学科和文化背景,与其实践基本同步出现或受其影响随后生成的同类的学科互涉现象还有很多。到 20 世纪 80 年代时,人文社会科学内部,普遍出现了"文学转向",哲学、人类学、法学、政治学等学科纷纷引入文学研究模式,以革新本学科的认识论、方法论和价值论等基础。例如,哲学家理查德·罗蒂(Richard Rorty)对文学文化的推崇,将宗教、哲学作为通向成熟文学文化的过渡阶段的"相对原始的、但显赫的文学类型",并且视文学文化为取代哲学的新的救赎方式,以"有意义的问题'对我们人类试图将我们自身塑造成什么样子的,任何人有任何新的观念吗?'取代了诸如'存在是什么?''什么是真正真实的?'以及'人是什么?'之类的坏问题"。① 在描述宗教—哲学—文学文化的进程时,罗蒂追溯到莎士比亚、塞万提斯代表的与柏拉图哲学观念相异的文学知识分子,认为他们所具有的想象力能够更多地思考人类生活方式以扩展自我的观念。同时,罗蒂也阐释了普鲁斯特的《追忆似水年华》、纳博科夫《微暗的火》和《洛丽塔》、狄更斯小说等文学作品中的文学价值和文学功能,对隐喻、反讽等文学语言特征进行了哲学解读,延伸了"文学"观念的边界。

　　与作为文学类型的哲学论述相似,在人类学研究中也出现了"人类学几乎完全属于'文学'话语"②的说法。克利福德·格尔兹(Clifford Geertz)参照文学对象提出民族志研究中两个重要问题:一是"作者—功能"在文本中如何显现。二是作者创作的"作品"到底是什么。他认为第一个问题涉及作家的身份建构,即人类学家作为作者的身份问题,第二个问题则为话语问题,即如何用词汇、修辞、论点在写作中安排材料。③ 这些问题都关系到民族志研究的核心方法论和知识机制等学科基础。格尔兹特别指出,在回答"民族志学者是干什么的?"这一问题时,"他写作"取代了之前的标准答案"他观察,他记录,他分析",因为学者自己并非研究的对象——行为者,所直接接触到的也仅是调查合作人所能让研究者理解的那一小部分;同时,学者所登记的(或试图登记的)社会性会话并非是未经加工过的。④ 这样一来,人类学

---

① 理查德·罗蒂:《哲学的场景》,王俊、陆月宏译,上海译文出版社,2009 年,第 69 页,第 64–65 页。

② 克利福德·格尔兹:《论著与生活:作为作者的人类学家》,方静文、黄剑波译,中国人民大学出版社,2013 年,第 11 页。

③ 克利福德·格尔兹:《论著与生活:作为作者的人类学家》,方静文、黄剑波译,中国人民大学出版社,2013 年,第 12 页。

④ 克利福德·格尔兹:《文化的解释》,韩莉译,译林出版社,1999 年,第 26 页。

分析的主要方法,即概念化处理已发现的事实然后对纯粹现实进行逻辑重建的观点就丧失了合法性基础。相反,作者再现事件背后的自我意识及描述文本的话语特征则成为通过文化符号学方法进行人类学阐释时必须面对的理论建设问题。在具体论述中,格尔兹分析了列维-斯特劳斯《忧郁的热带》里独特的修辞风格和话语模式,视其作品为波德莱尔、马拉美、兰波、特别是普鲁斯特等创立的象征主义传统的文学文本,"列维-斯特劳斯版的《追忆似水年华》和《骰子一掷》"①。此外,他采用深描(thick description),即描述特殊社会行为在其行为者眼中的意义的方法,来探索特定地域和具体文化情境中产生的地方性知识(local knowledge)。深描和地方性知识的观念与文学研究对特殊性、具体性和语境的强调及文学文本微观描述、虚构和想象特征一脉相承。

　　同样,在法学领域,法律与文学运动②已经持续多年,"法律与文学"甚至从法学院的学术运动发展为法学研究的重要领域和学派。其早期内容包括"文学法学"(literary jurisprudence)对文学经典作品中法律问题的研究,其后开始关注"作为文学的法律",既借文学理论和批评来阐释法律文本、法律现象和法律文化,又通过风格、修辞及结构等文学分析方法来考察司法判决书进而揭示法律运作的"本质"。此外包括"通过文学的法律",即对文学作品社会功能(尤其是教化作用)和叙事体法律写作的研究,甚至还有对法律规制文学衍生的版权法等法律制度探讨相关的"有关文学的法律"研究。举例来说,玛莎·努斯鲍姆(Martha Nussbaum)在《诗性正义:文学想象与公共生活》书中既采用了"文学法学"的分析方法,又运用了"作为文学的法律"和"通过文学的法律"的研究路径。她从法学角度详细分析了狄更斯小说《艰难时世》中人物行为与思想,提出小说不仅可以描绘"在具体社会情境下感受到的一直存在的人类需求和渴望的形式",而且建构了小说角色和虚拟读

---

①　克利福德·格尔兹:《论著与生活:作为作者的人类学家》,中国人民大学出版社,2013年,第63页。

②　法律与文学运动,通常认为始于詹姆斯·怀特1973年出版的《法律的想象:法律思想与表达的性质之研究》(*Legal Imagination:Studies in the Nature of Legal Thought and Expression*)一书,后成为美国法学院研究的重要领域。不仅出版了以此为主题的大批学术著作,法学院课程中也普遍增设"法律与文学"课程,还创刊《卡多佐法律与文学研究》(*Cardozo Studies in Law and Literature*)等跨学科学刊,相关学术会议也不时召开,研究者包括法学学者、法官、律师和文学、哲学研究者。(参见沈明:《法律与文学:可能性及其限度》,《中外法学》,2006年,第3期。)

者间共通的认同与同情联系,由读者体验中"明智的旁观者"的态度和情感模式推动法律裁判者借文学想象来体会个人特殊情形及其行为动因,通过移情等作用促使其想象他者,从而做出非功利主义的合乎社会正义的审慎判断和选择。小说阅读,在这里成为"一座同时通向正义图景和实践这幅图景的桥梁"①。同时,她肯定"文学裁判"可以超越特殊群体利益和政治立场,拥有畅想和同情、包容人性的能力,更能够实现民主裁判和社会正义②,主张文学想象是公共理性的组成部分,在此基础之上推崇一种"诗性正义",以叙事文学表达里常见的人文主义的公共推理观念促进更加正义的公共话语和公共决策的开展。另外,在法学的姊妹学科——政治学研究中也出现了强调修辞、叙事和语言等文学特征的文学转向,甚至"一些政治科学家为收复失地已经显露出采用文学批评家(如伊格尔顿、斯皮瓦克和赛义德)研究方法的兴趣"③。还有在管理学中,斯坦福大学的艾伦·奥康纳(Ellen O'Connor)坦承其研究和教学受益于语言学、修辞学和文学理论的方法论作用,尤其是话语分析和文学观念在管理理论中的应用对理解变动、创新等复杂现象提供了新视角。④

人文社会科学中出现的"文学转向",抑或称为"修辞转向""隐喻转向""叙事转向"和"阐释转向",也具有以下共同特征:①社会科学理论家出于对本学科基础理论的调整和革新的目的展开跨学科知识重构,不约而同选择了修辞、叙事、想象、虚构、阐释等文学话语特征,主要从语言(话语)层面介入本学科研究范式的转换,认可了"作为文学的历史""作为文学的哲学""作为文学的人类学""作为文学的法律"和"作为文学的政治学"等知识类型的可能性。②这些转向的出现和发展都与 20 世纪 60 年代以来后现代主义哲学思潮有关,体现在具有跨学科性、批判性和自反性的"理论"话语的崛起。后现代主义对启蒙运动以来形成的理性、真理、进步观和宏大叙事等现代性概念的批判以及反基础主义、反本质主义和反形而上学(本体论)的立场,实际上是由"主客体对立的、以实证科学为楷模的认识模式"转向"以语

---

① 努斯鲍姆:《诗性正义》,丁晓东译,北京大学出版社,2010 年,第 19-26 页。

② 努斯鲍姆:《诗性正义》,丁晓东译,北京大学出版社,2010 年,第 171 页。

③ Stow, Simon. *Republic of Readers?*: *the Literary Turn in Political Thought and Analysis*. New York: State University of New York, 2007:2.

④ O'Connor, Ellen. "Undisciplining Organizational Studies: A Conversation Across Domains, Methods, and Beliefs." *Journal of Management Inquiry*, 4.2(1995):119-136.

言游戏为类比的知识模式"①。而后现代主义思潮最显著体现在多个知识领域内"理论"话语的崛起:由文学批评后结构主义理论的盛行到其他人文社会科学领域作为话语模式的"理论"观念的普及,集中代表了学科知识范式的后现代转向;③之所以产生"文学转向",与批判社会科学研究中科学实证主义的传统模式密不可分。在这里,文学,是作为现代学科体制建立之前的前学科因素而被回溯、重申,又是作为与客观主义的科学研究模式相对立的人文思维逻辑被强调的。如罗蒂的文学文化是对自笛卡尔以来传统科学主义哲学观的矫正,格尔兹的阐释人类学对人类学"科学"学科基质的否定,法律与文学运动对法律经济学代表的"科学主义"法学的反驳,以及怀特历史诗学对科学史学和历史哲学中的实证主义观念的质疑。

从研究路径来看,这些"文学转向"其呈现的学科边界渗透的研究路径,恰恰属于纵深层面学科互融、理论革新的"学科互涉"表现。怀特、罗蒂、格尔兹和努斯鲍姆等人引入文学作为认识论、方法论工具,寻求的是本学科理论的新建构,表露出多元主义的态度和对学科认识传统的批判。这种跨学科的路径,也不是简单借鉴文学技巧,所采用的虚构、叙事、修辞等已超出了传统文学学科中的"文学性"(literariness)范畴,具有认知、审美和伦理层面的大文学观表现。同时,他们更多引用文学作品为范例,尤其是小说、诗歌以及已纳入文化研究对象的影视作品,说明虚构文本中的人文价值对反思社会科学中价值无涉导向的客观模式的意义,试图让人文社会科学的关注点重新回到活生生的"人",而非数理模型、数据和逻辑学意义上的"科学"。他们所追寻的榜样或传统大都不同于韦伯式的现代科学主义,而是19世纪学科建制之前或更久远的知识价值传统。如罗蒂推崇莎士比亚、塞万提斯为代表的与柏拉图哲学观念相异的文学知识分子;怀特对启蒙运动之前博古学历史传统的坚持,重视米什莱、托克维尔和布克哈特等非兰克史学意义的历史学家的文学书写风格。他们追求的这些文学特征和文学价值代表着现代知识型衰落之后新的知识型诉求,是后现代知识论对人文社会科学文学属性的重新强调。其虽然是对文学传统的回归,但却是一种崭新意义的归来,正如辛普森所说的"返回的家园从来不是你离开的那个家了"②。

---

① 陈嘉明:《人文主义的兴盛及其思维逻辑——20世纪西方哲学的反思》,《厦门大学学报(哲学社会科学版)》,2001年,第1期。

② Simpson, David. *Academic Postmodern and The Rule of Literature:A Report on Half-Knowledge*. Chicago:The University of Chicago Press,1995:15.

第三节　理论中的文学:文学理论家的一种解读

　　人文社会科学的文学转向及后现代转向被文学理论家注意,并通过强调文学的胜利以恢复文学危机和理论危机之后文学的理论自信,但他们的着眼点各有不同。辛普森在 20 世纪 90 年代最早意识到人文社会科学中的这种文学转向和后现代文化,将其命名为"学术后现代",抑或"文学的统治",即文学和文学批评的"传统的现代形式"①在人文学科和社会科学中的传播,是知识领域后现代文化转向的一个重要面向。辛普森的概念结合了文学机制在跨学科研究的功能和后现代主义成为学术共同体亚文化的可能性,既勾勒了 20 世纪 80 年代以来的人文社会学科"文学化"的图景,又敏锐地指向学术界正在或将要进行的后现代知识转型。正如之前章节所述,我们认为其视点具有前瞻性,对此现象的概括既全面又到位,包含了文学转向的种种表现及当时仍属于学术亚文化的后现代观念,对其中的跨学科因素都有所涉及。2011 年,乔纳森·卡勒在《理论中的文学》(*The Literary in Theory*)——书中肯定了辛普森的表述,但基于重振理论危机之后后结构主义文论的立场,仅将文学转向引入语言哲学和道德哲学的论域,不仅没有考虑人文社会科学中更广泛的学科互涉现象背后的文学机制,也不可能关注辛普森所述文学转向的时代背景——后现代主义思潮。卡勒实际上未全面讨论辛普森关于文学统治的观点,受自身学术视野所限有意转换了论题,完全忽视了辛普森关于"学术后现代"的内容。

　　由于卡勒的相关论述在文学界影响甚广,我们希望首先分析他关于文学转向的思路,也就是文学理论家出于文学学科立场的一种典型读解来理解对这一复杂现象单一解释模式的局限,为下节探讨整体性的"学术后现代"观念对后理论时代文学研究的意义提供参考。

　　卡勒从"理论中的文学"角度再次肯定文学在理论黄金时代之后的存在价值。在辛普森"文学统治"的看法基础上,卡勒承认:"文学可能已经失去了作为特定研究对象的核心属性,但文学模式获得了胜利:在人文学科和人

---

① Simpson,David. *Academic Postmodern and The Rule of Literature*:*A Report on Half-Knowledge*. Chicago:The University of Chicago Press,1995:21.

文性社会科学中一切都是文学的。"①他也看到了文学模式中的学科互涉实践:"在学科话语开始涉及它们的位置定位、情境性和系统框架的建构性的状况下,它们卷入了文学。"②就此现象,他提出:"重新确立文学中的文学基础"的建议,即"回到实际的文学作品,观察后现代状况是否确实是应该从文学实践中推出的东西。"③从文学批评入手回到文学作品,成为卡勒重塑文学责任的一种途径。在《理论中的文学》一书中,卡勒通过对一系列理论概念的探讨阐述理论中文学的作用并增进对文学的理解,以应对理论危机或反理论浪潮之后的文学存在问题。他理解的文学转向,既表现在"对美学问题的回归,尽管其曾被认为是倒行逆施和精英主义",又表现在"利用文学作品推进理论论证或质疑理论假设",如德里达对策兰(Paul Celan)诗歌作品的解读,当前学界最感兴趣的哲学家——阿甘本(Giorgio Agamben)对诗歌的阐释。④ 德里达和阿甘本的诗学思想,都是从哲学角度思考语言学、文学和美学,延伸到伦理学、政治哲学和神学观点,并不仅仅就文学而谈文学。

卡勒以德里达和阿甘本为例讲文学发展的新趋势,主要意图是回应理论终结论,即围绕"宏大理论的终结"(the end of high theory)出现的一大批质疑理论的呼声,如《理论之后》(特里·伊格尔顿)、《理论之后的生活》(米切尔·佩恩等编)、《理论留下了什么》(朱迪斯·巴特勒等编)、《理论之后的阅读》(瓦伦丁·卡宁汉)等众多论著集中在新世纪初涌现。卡勒并不认同理论衰退意味着理论的死亡,而是确信理论无所不在:就业市场上,甚至那些之前排斥理论的文学领域(像中国研究、中世纪研究)的应聘者都熟悉各式各样的理论话语,倾向于借理论话语表述问题;在考虑理论话题的前提下文本被深入细读,尤其是文化研究探索各种主题适合话语实践的方式。"文学和文化研究存在于被理论,或多元理论、理论话语和理论论争关连的空间中。"⑤卡勒所坚持的"理论",仍然是对应法国理论的后结构主义思维形式,与德里达、福柯、巴特勒、詹姆逊、斯皮瓦特、齐泽克等理论家在学术论述中频繁出现的表象相比,更侧重于理论在探究、推测和论证过程中的作用。正如同卡勒在《文学理论入门》中对"理论"所做的解构主义式的定义:

① Butler,Judith. Guillory,John. & Thomas,Kendall. Eds. *What's Left of Theory:On the Politics of Literary Theory*. New York:Routledge,2000:289.

②③ Butler,Judith. Guillory,John. & Thomas,Kendall. Eds. *What's Left of Theory:On the Politics of Literary Theory*. New York:Routledge,2000:290.

④ Culler,Jonathan. *The Literary in Theory*. Stanford:Stanford University Press,2007:14.

⑤ Culler,Jonathan. *The Literary in Theory*. Stanford:Stanford University Press,2007:2.

1.理论是跨学科的,是一种超出某一原始学科的作用的话语。

2.理论是分析和推测。它试图找出我们称为性,或语言,或写作,或意义,或主体的东西中包含了些什么。

3.理论是对常识的批评,是对被认为是自然的观念的批评。

4.理论具有自反性,是关于思维的思维,我们用它向文学和其他话语实践中创造意义的范畴提出质疑。①

相较文森特·利奇(Vincent B. Leitch)对"理论"的六种定义,卡勒的界定及其文章中的用法属于第五种——"理论表示较小范围的结构主义和后结构主义著作,包括列维-斯特劳斯、拉康、福柯、德勒兹、德里达、克里斯蒂娃及其追随者和模仿者的著作",也就是常说的"高雅和宏大的理论。"②这种"理论"随着1987年保罗·德曼二战时期反犹文章的揭露而逐渐衰落,尤其是那些大师——拉康、施特劳斯、阿尔都塞、巴特、福柯等人——离世,使"没有什么著述再能与这些奠基前辈们的雄心和创意相比的了","文化理论的黄金时代已成一个遥远的过去"③。卡勒以德里达晚近文学转向和当代哲学家阿甘本论文学为例,正是希望接续老一辈"理论家"的"理论"传统,证明文学在这些理论中仍保持着活力。

在《理论中的文学》中,卡勒本人分析的个案集中在语言学或语言哲学论域中通常认为属于文学的概念或者被提出者忽略但仍可应用于文学的概念,如文本、符号、述行语等。一方面,卡勒关心的是由文学形式抽象出的普遍话语模式对文学之外其他学科的理论建构意义,从哲学家抑或理论家对文学功能的表述中重新挖掘文学在文本之外的理论阐释的可能性。比如,在对本尼迪特·安德森《想象的共同体:民族主义的起源与散布》的评述中,他不赞成从具体小说的特殊情节研究小说和民族认同间的关系,而推崇安德森"全知读者"(omniscient reader)④概念在建构叙述观众从而树立民族认同过程中的作用。又如卡勒肯定努斯鲍姆"诗性正义"论述的"文学裁判"模式,但不同意她对文学作品具体性和特殊性的强调,而注重文学的普遍性范例作用。正是通过强调文学形式和文学模式推进人文社会科学论题的探

---

① 乔纳森·卡勒:《文学理论入门》,李平译,译林出版社,2008年,第16页。

② 文森特·利奇:《理论的终结》,王晓群译,《国外理论动态》,2006年第7期,第37页。

③ Eagleton,Terry. *After Theory*. Allen Lane:Penguin Books,2003:1.

④ Culler,Jonathan. *The Literary in Theory*. Stanford:Stanford University Press,2007:48.

究、推测和论证相关的作用,"理论"的延续才得以彰显。另一方面,卡勒提出的话题围绕着后结构主义理论对文学文本的解读,从语言本身的建构性重塑"理论"与当代社会生活的关联,为解决所谓的"法国理论"与当前实践的背离问题提供一种文学参与的可能性。如他推崇巴特勒将安提戈涅的故事从后俄狄浦斯阐释传统角度进行再解读,从《安提戈涅》文本的复杂性和不确定性中阐释多元身份认同的建构模式,为现代社会的同性恋群体争取政治权利的诉求提供支援。卡勒也赞成德里达把作为"非严肃"言语(奥斯汀意义上)的文学话语归入述行语(the performative)范围的做法,文学与日常言语一样都涉及述行行为。他认为述行语使之前边缘化的文学语言——一种积极的、被用于构造世界的语言重回人们的视线,帮助我们考虑文学作为行动的观点。同时,由于文学事件也存在述行语理论中意义和言说者意图分离的关系,述行语还提供了最适合文学分析的语言模式。对于卡勒,作为述行语言的文学观念有助于对文学的维护,文学"不再由非严肃的伪陈述构成,而是跻身于塑造被命名之物的那种语言行为之列"①。卡勒的看法延续了德里达的"文学行动"理论对文学功能的解读,文学述行话语所代表的写作经验"依附于一种命令:去为异常事件设计空间;去创造新事物,以脱离理论知识的写作行动和新的述愿陈述方式;去将自己引入与承诺、命令或立法行为类似的诗学述行,不仅改变语言,还在改变语言中改变了语言之外的更多状况"②。这种语言的积极建构能力,被德里达扩展为文学与现代民主思想间的关联:文学作为"一种允许人们以任何方式讲述任何事情的建制"能够从经验角度"唤起民主、最大程度的民主"③。巴特勒也曾表示"文学的世界允许我把重心放在修辞结构、省略以及隐喻的精炼上,并允许我思考文学阅读和政治困境之间有什么可能的联系"④。这样一来,理论终结论中对理论无法解决现实问题的质疑和文学终结论中对当前文学丧失批判功能的指责都得以消弭。

因此,无论看卡勒对德里达、阿甘本诗学思想的列举还是考虑他分析的个案,"理论中的文学"都是从元语言的哲学命题的角度宣扬文学的后结构

①　Culler, Jonathan. *The Literary in Theory*. Stanford: Stanford University Press, 2007: 145.

②　Derrida, Jacques. "This Strange Institution Called Literature." *Acts of Literature*. Ed. Derek Attridge. New York: Routledge, 1992: 55.

③　雅克·德里达:《文学行动》,赵兴国等译,中国社会科学出版社,1998 年,第3—5 页。

④　朱迪斯·巴特勒:《消解性别》,郭劼译,上海三联书店,2009 年,第 248 页。

主义理论建构功能。他的"理论"指向那种"聚焦在建构性和语言,诉诸哲学式的句法和词汇的学术话语"①。在路径选择上,卡勒本人诉诸"文学作品的回归",因为"文学批评有史以来一直是文学的任务之一"②。他的方法仍是《结构主义诗学》中强调的"将新的注意力投向阅读活动,试图说明我们如何读出文本的意义",一种"旨在确立意义产生条件的诗学"③方法,试图从文学作品文本细读入手探索解构式的新的意义可能性。从目的上讲,卡勒为"理论"正名的意愿和恢复"文学"合法性的企图同样鲜明。他所关注的"文学转向",更多是语言哲学角度介入的文学的哲学蕴涵,是福柯、巴特勒、德里达等后结构主义理论的最新延续。

但是,卡勒对文学文本阅读为中心的批评方法的兴趣,明显与德里达不同。德里达承认"除了从分析写作技巧或某种单纯的鉴别活动中得到的乐趣外,我在内心深处大概从未从虚构——比如阅读小说——中得到快乐",其感兴趣的仅仅是"虚构的可能性、虚构性","比如说,有一种明显的假相或者混乱侵入到哲学写作中来了"。④ 尼古拉斯·罗伊尔(Nicholas Royle)明确指出德里达论策兰和诗歌(收录在其身后出版的《可疑的主权:保罗·策兰的诗歌》)的主旨并不是卡勒在《理论中的文学》中提出的那种"利用文学作品推进理论论证或质疑理论假设"。因为,"对文学作品的利用"(the use of literary works)本身带有工具主义色彩,明显不是德里达的说法:一是当语言被"利用"时作者权威和自我认同就被植入理论假设,与德里达"语言不是言说主体可支配的工具"的观点相悖;二是包括卡勒之前在《论解构》中关于德里达式解构的阐释一直是反对工具主义和反对本质主义的,文学和文学性也应该从解构的意义上理解,而非对"文学作品的利用"。⑤ 罗伊尔还指出了德里达式的文学转向与时代思想间的关联:

文学转向的观念从而意味着一种20世纪60年代以后思想史和文化史

---

① Elliot, Jane, Attridge, Derek. Eds. *Theory After 'Theory'*. London and New York: Routledge, 2011:237.

② Culler, Jonathan. *The Literary in Theory*. Stanford: Stanford University Press, 2007:42.

③ Culler, Jonathan. *Structuralist Poetics: Structuralism, Linguistics and the Study of Literature*. Ithaca: Cornell University Press, 1975: Ⅷ.

④ 雅克·德里达:《文学行动》,赵兴国等译,中国社会科学出版社,1998年,第7页。

⑤ Royle, Nicholas. *Veering: A Theory of Literature*. Edinburg: Edinburg University Press, 2011:96.

上完全不同的意识。此时期的显著标志为:①大家史无前例地关注"称作文学的奇怪建制"(德里达的用法),包括创意写作在学界的兴盛;②解构的出现(这里,尤其指"对文学的接受");③人们还开始注意到见证和虚构间无法割裂的联系,同样还有法律、建制与述行语间的联系;④深入了解并正在阐明文学和民主(表达的自由、不受审查,等等)间的相互依赖关系。①

由此可以看出,德里达的文学观念与解构思想密切相关,更趋向于从哲学、心理分析、政治和伦理、法律和民主等方面讨论文本的社会建构性,而非卡勒的回归文学作品路径。特别是,"文学"出现在德里达晚近理论中是一种时代的选择,思想史和文化史上涌现的一种将文学与当下现实关联的尝试。与努斯鲍姆等人以文学为引子介入社会实践的方式有一致之处,不能像文学理论家那样义仅仅局限于经典文学作品的文本释义考证式地与现实生活牵连。

这样一来,与辛普森"学术后现代"命题相比,卡勒论述的目的简化为后结构主义"理论"的复归,尽管其以文学作品批评为中心的方法与他的目标示例——德里达式的文学行动理论不尽一致。这也不难理解,毕竟辛普森1995年时看到的学术界后现代主义图景当时还难以清晰表述,而卡勒2007年时考虑的却是如何在法国理论黄金时代之后恢复后结构主义理论与文学的关联。卡勒从辛普森的观点中看到了后现代主义思潮中文学相对于现代科学主义的独特价值,如辛普森一直强调的地方主义、个人主义在反宏大叙事方面的表现,他本人研究中也深入探讨了文学文本的复杂性、含混性和具体性特征。由此他重新定义了"文学",认为"文学已经不再是固守经典的明显对象,而是众多话语的一种特性,既包含文学性——叙事、修辞、述行性可以用流传至今的文学分析方法来研究;又包括文学价值,即那些经常在非文学材料的文学阅读中被视为理所当然的价值,如具体性、生动性、直观性和似是而非的复杂性"②。文学性和文学价值更新了"文学"概念,丰富了以往对文学范围的想象。细究起来,他的"文学性"侧重于语言哲学层面的分析手法,他提出的"文学价值"则是在辛普森意义上文学功能的发挥。此外,在卡勒的视野中,"理论"本身就是跨学科的话语,"理论中的文学"蕴含

---

① Royle,Nicholas. *Veering:A Theory of Literature*. Edinburg:Edinburg University Press, 2011:100.

② Culler,Jonathan. *The Literary in Theory*. Stanford:Stanford University Press,2007:18.

着辛普森提及的人文社会科学的文学转向,但他论述的范围更是局限在文学理论家对"文学"元语言功能的强调,从语言本质的普遍性意义介入有限层面的跨学科理论建构。其例子中的"理论"外延有限,主要针对德里达、阿甘本等后结构主义哲学思想,未涉及文学在具体实践的人文社会科学中的学科互涉机制,对格尔兹、怀特等非学院哲学式的文学介入模式也没有提及。所以,与辛普森的"文学统治"相比,卡勒的"理论中的文学"范围要小得多,将文学转向引入语言哲学和道德哲学的论域,不仅没有考虑人文社会科学中更广泛的学科互涉现象背后的文学机制,也不可能关注辛普森所述文学转向的时代背景(20世纪60年代以后至辛普森著作出版时)——后现代主义思潮。

第四节　后理论时代文学研究的新视野

当然,就人文社会科学中的文学转向,辛普森和卡勒都是从文学学科角度认识,他们理解的"文学""文学性"或"后现代主义"与人文学科和社会科学研究者认识的不尽相同。尤其是哲学之外的实践性人文社会科学领域在后现代主义的接受上远远落后于文学学科,基于现代学科规范它们不仅没有大范围卷入20世纪60年代开始的后现代思潮,而且是直到80年代才在本学科革新者的推动下逐渐意识到后现代主义对学科基质的挑战,其中包括文学学者所说的"文学性的蔓延"现象。这种滞后性的表现不一:一方面,革新者从文学和文学理论中汲取了学科范式转换的力量,试图拯救被现代科学主义、实证主义束缚的人文社会科学研究。在史学中,怀特将此滞后称为"现代学院历史编纂学的优秀代表在理论上的迟钝"[1],但包括怀特在内的最初的革新者更偏向从现代主义文论和文学代表的人文伦理中寻找理论和思想支撑,因为他们对文学和理论相对滞后的认知使其更易接受批判现实主义文论的现代主义思想作为意义再现模式,他们所受的传统人文主义教育也始终召唤着一种对文学为代表的人文伦理的回归。而之后受解构主义洗礼的革新者则直接诉诸"理论"——不论是后结构主义法国理论,还是最新理论热潮中的后殖民主义、女权主义或酷儿理论等,他们更像时髦"理论"

---

① 海登·怀特:《元史学:十九世纪欧洲的历史想象》,译林出版社,2009年,《序言》第4页。

的追随者。处于理论前沿的哲学界的情况则更复杂些,在语言转向和晚近的政治哲学转向影响下"语言游戏为类比"的人文、文化逻辑的真理观挑战了确定性的科学逻辑的真理观①,同时文学的话语特征被作为一种社会建构性元素被德里达等哲学家重新发现并引入政治哲学视域。另一方面,与这些革新者对立的传统学科的守护者,仍坚守科学主义的传统学科范式,视文学为审美领域的想象和虚构,在无可奈何被卷入后现代思潮时,更是厌恶文学模式对本学科认识论和价值论的挑战意义,以传统认知中文学的虚构性指责后现代主义的虚假和不负责任。因此,在学术后现代视野中的文学转向现象由于表述者对文学和文学理论观念的差异存在着更复杂的表现,在具体语境中需要具体区分。

那么,对这一复杂现象更需要从学科角度给予关照:学科互涉中的文学机制如何发挥作用? 人文社会科学领域的革新者所援引的"文学"和"理论"究竟为何物? 其意图又何在? 他们对文学理论的理解是否一致? 是否与文学研究者的解读同步,之间差异为何? 这些问题都要求研究视角的开拓,而学术后现代概念由文学理论家提出,又包含了学科互涉和文学文化等多种元素,可以以其为视角进行整合研究。这实际上是要求在现有针对"文学转向"的文学研究中考虑文学和其他学科互动的实践以及了解诉诸文学的后现代文化运行机制,并对整体的学术文化进行知识社会学式的分析。因此,学术后现代已经不仅仅是一种现象,更类似于一种宏大的考察目标,需要较为广阔的视角和多样的研究方法。

然而,在当前文学研究中,讨论学术后现代,尤其是文学转向中的学科互涉机制尤其具有现实意义。一方面,文学转向主导的人文社会科学的语言学转向及后现代转向仍在进行中。以文学理论为方法革新现代学科范式的努力持续存在,针对语言、意义和阐释问题学术共同体内的争议时有发生。毕竟客观性、进步性等现代学科知识基础难以撼动,但经过后现代主义洗礼后的知识整体无法再回到 19 世纪的科学主义和实证主义传统。况且,随着文学理论的进展,以文学为参照的学科互涉实践会呈现出崭新而又差异化的面貌,这些都需要从文学研究的角度给予关注。另一方面,对于文学领域,文学危机和理论危机也在持续,后理论时代的说法已经成为共识。后理论时代文学存在的形式和理论如何延续的问题逐渐成为话题热点,而单

---

① 陈嘉明:《人文主义的兴盛及其思维逻辑——20 世纪西方哲学的反思》,《厦门大学学报》(哲学社会科学版),2001 年第 1 期,第 48 页。

靠文学内部和后结构主义"理论"内部自身调整的解决方法显然缺乏力度。这时,研究学科互涉中的文学机制及其范式转换功能提供文学走向的新的可能,为处于危机之中的文学理论找到了重塑自信的另一条出路。因此,学术后现代——这一显著的文学和文化现象值得更深层次和更广泛的关注,甚至可能成为后理论时代文学突围的路径之一。

近年来,随着后结构主义理论的衰落理论终结论的说法甚嚣尘上。一系列反思理论的著述相继出版,如伊格尔顿的《理论之后》、巴特勒主编的《理论留下了什么》、卡宁汉的《理论之后的阅读》及佩恩等人编辑的《理论之后的生活》。尤其是伊格尔顿关于文化理论的黄金时代已经逝去的论断,使"理论"的终结成为一个不得不面对的问题。理论危机之后其走向何方?"后理论"(post-theory)的说法由此而来,但并没有出现一种一致的意见可以准确描述文学理论未来的趋势。提出理论终结的观点主要是基于对理论失势的两种判断:一是后结构主义理论家的纷纷谢世和后继理论的乏力,"命运使得罗兰·巴特丧生于巴黎的洗衣货车之下,让米歇尔·福柯感染了艾滋,命运召回了拉康、威廉斯、布迪厄,并把路易·阿尔都塞因谋杀妻子打发进了精神病院"①,实际上从1987年保罗·德曼反犹文章的揭露始已经出现了颓势;二是后结构主义理论自身对现实批判性的减弱及与社会实践的分离,"在道德和形而上学问题上它面带羞愧,在爱、生物学、宗教和革命的问题上它感到尴尬窘迫,在邪恶的问题上它更多的是沉默无言,在死亡和苦难上它则是讳莫如深,对本质、普遍性与基本原则它固执己见,在真理、客观性以及公正方面它则是肤浅的"②。

那么,"后理论"时代文学理论的发展方向会克服后结构主义文论的问题吗?目前来看,正在进行的新话题的理论探讨还没有很好地解决这些问题。比如,卡勒在《文学理论入门》最新修订版中添加了西方文论当前趋势,如伦理研究方面,巴迪欧和阿甘本对大屠杀背后伦理问题的解释;塞奇威克"恢复性阅读"(reparative reading)预设沮丧的读者的存在,"有助于作品倾诉特殊时刻和生存,就像作品有助于人生一样";德里达晚期在《我故此而在的动物》书中对人与动物关系的理论探讨;生态批评中最近出现的以耶格尔(Patricia Yeager)为代表的"海洋转向";还有在哈拉维对赛博格(电子人)研究的基础上形成的"后人类"观念。卡勒最终将出路归为美学的复兴,即"新

---

① 特里·伊格尔顿:《理论之后》,商正译,商务印书馆,2009年,第3页。

② 特里·伊格尔顿:《理论之后》,商正译,商务印书馆,2009年,第98页。

形式主义"或"新唯美主义"对文学和艺术形式的新的关注,如文学对象的特殊性和"愉悦"(pleasure)等文学审美效果的研究。[①] 我国学者王宁则将后理论时代的文化理论概括为后殖民理论的新浪潮、流散写作研究、全球化与文化问题研究,生态批评和后现代生态环境伦理学建构、文化研究的跨文化新方向、性别研究、走向世界文学阶段的比较文学和图像批评与视觉文化建构[②]等八种趋势。他们的预测只是原有话题的发展和新话题的引入,对复兴文学理论的作用有限。动物、后人类的政治解读甚至暗示了文学和文化理论资源的枯竭,以转向非人类的境遇来回避理论对人类现实的无力,赛博格、"海洋转向"等研究因其超前性很长时间内仍然会局限于小范围的讨论。后殖民、性别研究等属于后结构主义阵营的文化理论即使增加了新的话题也难以突破理论本身研究内容和方法上的困境,不会对现实社会问题产生直接有效的裨益。

在此情况下,学术后现代或许可以为后理论时代的文学研究提供新的可能。其一,人文社会科学领域的文学转向从方法论、认识论和价值论方面挑战了现代学科基质,重构了学科的知识范式和观念前提,证实文学理论能够通过社会科学间接作用于人类社会实践。这种间接的实践性就从学科互涉的意义上突破了后结构主义文论现实批判能力方面的困境。法律与文学运动的持续开展就是一个范例。其二,出于与文学领域理解上的差异,文学转向的表现形式之一是诉诸现代学科建制之前的"文学"观念,如怀特历史诗学对叙事、修辞、想象等文学性的回归与再阐释,努斯鲍姆诗性正义理论对畅想、同情和包容人性等文学能力的强调,都体现出以文学弥补科学主义缺陷并培养人性的人文伦理的可能性。其三,在文学转向中,"文学"概念的内涵和外延得到了扩展和深化。形式主义文论对"文学语言"独特性的强调被置换为叙事性散文话语形式的文学再现模式,"文学性"和"文学"概念经历了从语言到话语、从纯文学观到大文学观的转变,融入了审美、认知和伦理等多重元素,超出了文学学科自身的范畴。

当然,怀特历史诗学和本文的"学术后现代"论题对我们国内文学理论研究也具有启示意义。怀特历史诗学代表的文学转向在之前国内的研究中被作为"文学性"论争的内容讨论,并没有论及其作为学科互涉机制和引发

---

① Culler, Jonathan. *Literary Theory*: *A Very Short Theory*. New York: Oxford University Press, 2011: 121–131.

② 王宁:《"后理论时代"中国文论的国际化走向和理论建构》,《北京大学学报》(哲学社会科学版),2010 年第 2 期,第 77 页。

人文社会科学后现代转向的意义。国内的"文学性"论争针对的是如何解决消费文化、新技术和新媒介造成的传统文学危机，提倡转向非文学领域，按米勒的说法是"绘画、电影、电视、报纸、历史资料、物质文化资料"①等媒介的研究，或"一篇社论、一条广告、一个企业的营销手册、一条新闻报道、一个理论甚至一个政治家、一个企业家、一个学术明星当作文学作品来研究"②。这种研究旨趣与之前日常生活审美化研究相呼应，最终落脚在推广文化研究上。但是，文学性论争缘起于对卡勒《理论的文学性成分》一文的引介，而卡勒在此文中的观点是辛普森著作《学术后现代和文学的统治》的延续，所谈的问题正如上一节提到的是理论黄金时代之后的后结构主义文论的发展，针对的是理论终结说，而非文学终结论，也不是文化研究。毕竟在西方文论界，文化研究早已成为文学学科的一分子，审美观念中的传统本质主义的文学观也退出了历史舞台。因此，国内文学性论争中得出的"文学性蔓延"结论与其理论来源中的"文学转向"是不同的两个对象：一个是当时国内尚属于新生事物的文化研究，另一个则指向人文社会科学中因学科互涉产生的语言学转向和后现代转向。之所以出现这种误读，与我们国内文学理论研究的语境相关，也同卡勒在单篇论文中并没有表述清楚有关：当时他不仅没有对文学性（the literary）具体定义，其后他也是将辛普森"文学的统治"引往德里达、阿甘本等后结构主义论述，并未探讨跨学科的理论互涉，也没有论及学科互涉背后的后现代文化。事实上，卡勒刻意地忽略了辛普森论述框架"文学统治"之前的"学术后现代"观点，但通过追溯卡勒与辛普森观念的差异，通过反思国内此问题的论述语境和过程，可以重新思考文学性论争对于中国文学理论史的独特意义和价值，也可以借此机会重新考虑人文社会科学的文学转向及学术后现代文化，为未来我国文学理论的发展提供一种另一种思路。

此外，怀特历史诗学和"学术后现代"论题对我们国内历史书写的意义在于：对于历史书写③而言，需要改变历史再现观念，重审语言本身的问题并关注多元的叙事模式。中国历史编纂学传统上将历史书写研究称为语言表

---

①　Miller, Hillis J. *Theory Now and Then*. Durham: Duke University Press, 1991: 392.

②　余虹:《白色的文学与文学性》,《中外文化与文论》第十辑,钱中文等主编,四川教育出版社,2003年,第7页。

③　因为我国学科分类中的"历史编纂学"主要研究史书撰述之法,即史书在编纂层次、体裁、义例、程序和语言表述上的编纂方法,与西方历史编纂学（historiography）的含义和体系不同,很难从比较史学的角度进行评述,所以文中将范围缩小至"历史书写"。

述,也叫做文笔。一方面,语言表述问题被树立为史学语言规范,如古代刘知几、章学诚等史学家提出"尚简""用晦",当代史学家白寿彝提出"准确、凝练、生动"的原则。另一方面,语言的文学性特征被作为文学技巧来强调,如"生动的场面描写、细腻的人物刻画、合理的语言想象、必要的辞藻修饰、适度的心理预测等"①文学写作技法。这种历史再现的表述方式停留在工具主义的层面,以"器"来定义语言和文学,缺乏对语言本身和再现机制的反思性。同时,要实现其目标,还要求史学家以"求真"为追求讲究文风、文德等约束他们个人的"史德",并提高自身的修辞能力和文学素养。这些要求实际上是种客观性为标准的现实主义再现方法,也局限于古典修辞理论和文学的视角。但现代的文学观念已经发生了翻天覆地的变化,现代主义和后现代主义理论早就被用于历史书写,创意写作也成为历史书写的关键词。反观近现代学院范围内的中国史作品,很难找出像《史记》那样按照古典文学观念创作的作品,因此更新文本书写方法和叙事观念大有裨益。

事实上,西方中国研究中涌现了许多优秀的叙事史作品,孔飞力、魏斐德、史景迁等汉学家都在历史作品中注重叙事元素,如史景迁的《王氏之死——大历史背后的小人物命运》结合了多种史料分析和蒲松龄地方性故事的观念史探究,其讲故事的手法包含了蒙太奇、心理分析等小说笔法。这种做法,一方面类似于对中国史传文学叙事传统的回归,如史景迁对司马迁《史记》叙事传统的推崇与借鉴,另一方面则体现为受西方史学"叙事的复兴"及后现代文化影响的微观史学和文化史的观念、多元的叙事模式和创意写作的方法。这些新史学的观念和方法完全可以借用到国内中国历史作品的书写中来。

同时,对于书面媒介之外的历史叙事,如历史影视剧及纪录片等,可以借鉴怀特及其他实践史学家的影视史学观念进行更充分的研究。再现隐喻的真实,是所有严肃的历史题材影视作品的目标。历史学家在达成这种目标中的作用并不仅仅限于充当影视剧的历史顾问,对史实、道具等历史细节把关。他们还可以尝试参与历史剧本的写作,对历史影视剧主题、情节、人物等设置提供专业意见,提高剧本关于历史解释的专业水准。其次,还可以根据影视史学与书面史学的差异进行详细的研究,探讨影视表现的独特之处以及其媒介特性对于再现历史真实的典型性意义。此外,针对当前流行

---

① 董恩林:《历史编纂学论纲》,《华中师范大学学报》(人文社会科学版),2000年第4期,第128页。

文化中流行的历史罗曼司、戏说历史等题材的历史叙事，可以借鉴影视史学对剧作传播和大众文化研究的成果分析传播过程中的文化现象及大众心理，并结合公众史学的发展予以探讨和推广。在此过程中，历史学家也可以和文学评论家、文化理论家、影视工作者等多学科学者联合，以研究对象为中心进行跨学科合作，借学科交叉的理论和实践共同推进历史叙事的媒介研究以及本学科的理论和观念创新。这种实践或许会对历史与文学学科纵深层面的融合提供一种新的视角，为当前受后现代文化影响的人文社会科学提供另一种与时代现实、与新技术文化相关的研究方向。

参考文献

一、英文文献

[1] WHITE H. Metahistory: The Historical Imagination in Nineteenth-Century Europe[M]. Baltimore: Johns Hopkins University Press, 1973.

[2] WHITE H. Tropics of Discourse: Essays in Cultural Criticism[M]. Baltimore: Johns Hopkins University Press, 1978.

[3] WHITE H. The Content of the Form[M]. Baltimore: Johns Hopkins University Press, 1987.

[4] WHITE H. Figural Realism: Studies in the Mimesis Effect[M]. Baltimore: Johns Hopkins University Press, 1999.

[5] WHITE H. The Fiction of Narrative: Essays on History, Literature and Theory, 1957-2007[M]. Doran, Robert. Ed. Baltimore: Johns Hopkins University Press, 2010.

[6] WHITE H. The Practical Past[M]. Evanston: Northwestern University Press, 2014.

[7] WHITE H. The Burden of History[J]. History and Theory, 1966, 2 (5): 111-134.

[8] WHITE H. The Tasks of Intellectual History[J]. The Monist, 1969, 4 (53): 606-630.

[9] WHITE H. Literary History: The Point of It All[J]. New Literary History, 1 (2): 173-185.

[10] WHITE H. Foucault Decoded: Notes from Underground[J]. History and Theory, 1973, 1 (12): 23-54.

[11] WHITE H. Interpretation in History[J]. New Literary History, 1973, 2 (4): 281-314.

[12] WHITE H. Historicism, History, and the Figurative Imagination[J]. History and Theory, 1975, 4 (14): 48-67.

[13] WHITE H. The Problem of Change in Literary History [J]. New Literary History,1975,1 (7):97−111.

[14] WHITE H. Criticism as Cultural Politics[J]. Diacritics,1976,3 (6):8−13.

[15] WHITE H. The Absurdist Moment in Contemporary Literary Theory [J]. Contemporary Literature,1976. 3 (17):378−403.

[16] WHITE H. Literature and Social Action: Reflections on the Reflection Theory of Literary Art[J]. New Literary History,1980,2 (11):363−380.

[17] WHITE H. The Value of Narrativity in the Representation of Reality [J]. Critical Inquiry,1980,1 (7):5−27.

[18] WHITE H. Conventional Conflicts[J]. New Literary History,1981,1 (13): 145−160.

[19] WHITE H. The Narrativization of Real Events[J]. Critical Inquiry,1981,4 (7):793−798.

[20] WHITE H. Getting out of History[J]. Diacritics,1982,3 (12):2−13.

[21] WHITE H. The Politics of historical Interpretation: Discipline and De − Sublimation[J]. Critical Inquiry,1982,1 (9):113−137.

[22] WHITE H. The Question of Narrative in Contemporary Historical Theory [J]. History and Theory,1984,1 (23):1−33.

[23] WHITE H. Historical Pluralism [J]. Critical Inquiry, 1986, 3 (12): 480−493.

[24] WHITE H. The Rhetoric of Interpretation[J]. Poetics Today,1988,2 (9): 253−274.

[25] WHITE H. Historiography and Historiophoty [J]. The American Historical Review,1988,5 (93):1193−1199.

[26] WHITE H. The Real, the True, and the Figurative in the Human Sciences [J]. Profession,1992,1 (7):793−798.

[27] WHITE H. Response to Arthur Marwick [J]. Journal of Contemporary History,1995,2 (30):233−246.

[28] WHITE H. Anomalies of Genre: The Utility of Theory and History for the Study of Literary Genres [J]. New Literary History, 2003, 3 (34): 597−615.

[29] WHITE H. Commentary: Good of Their Kind [J]. New Literary History, 2003,2 (34):367−376.

[30] WHITE H. Figural Realism in Witness Literature [J]. Parallax, 2004, 1 (10):113-124.

[31] WHITE H. Introduction: Historical Fiction, Fictional History, and Historical Reality [J]. Rethinking History, 2005, 2/3 (9):147-157.

[32] WHITE H. The Public Relevance of Historical Studies: A Reply to Dirk Moses [J]. History and Theory, 2005, 3 (44):333-338.

[33] WHITE H. The Dark Side of Art History [J]. The Art Bulletin, 2007, 1 (89):21-26.

[34] WHITE H. The Historical Event [J]. Differences: A Journal of Feminist Cultural Studies, 2008, 2 (19):10-34.

[35] WHITE H. Commentary: "With no particular place to go": Literary History in the Age of the Global Picture [J]. New Literary History, 2008, 3 (39): 727-745.

[36] WHITE H. Reflections on "gendre" in the Discourses of History [J]. New Literary History, 2009, 4 (40):867-877.

[37] WHITE H. Contextualism and Historical Understanding [J]. Taiwan Journal of East Asian Studies, 2010, 1 (7):1-19.

[38] ANGOFF C. Ed. The Humanities in the Age of Science [M]. New Jersey: Fairleigh Dickinson University Press, 1968.

[39] ANKERSMIT F R. The Dilemma of Contemporary Anglo-Saxon Philosophy of History [J]. History and Theory. 1986, 4 (25):1-27.

[40] ANKERSMIT F R. Hayden White's Appeal to the Historians [J]. History and Theory, 1986, 2 (37):182-193.

[41] ANKERSMIT F R. Historiography and Postmodernism? [J]. History and Theory, 1989, 2 (28):137-153.

[42] ANKERSMIT F R. New Philosophy of History. Chicago: The University of Chicago Press, 1995.

[43] ANKERSMIT F R. Hayden White's Appeal to the Historians [J]. History and Theory. 1998, 2 (37):182-193.

[44] ANKERSMIT F R, DOMANSKA E, KELLER H. Re-figuring Hayden White: Cultural Memory in the Present [M]. Stanford, Calif.: Stanford University Press, 2009.

[45] ATKINSON R F. Knowledge and Explanation in History: An Introduction to the philosophy of History [M]. London and Basingstoke: The Macmillan Press, 1978.

[46] BARRICELLI JEAN-PIERRE, GIBALDI J. Eds. Interrelations of Literature [M]. New York: MLA, 1982.

[47] BARTHES R. The Rustle of Language [M]. Berkeley and Los Angeles: University of California Press, 1989.

[48] BECKER C. Everyman His Own Historian[J]. American Historical Review, 1932, 2 (37): 221-236.

[49] BERGER S, FELDNER H, PASSMORE K. Ed. Writing History: Theory & Practice[M]. London: Hodder Arnold, 2003.

[50] BURKE P. Metahistory: Before and After[J]. Rethinking History, 2013, 4 (17): 437-447.

[51] BUTLER J, GUILLORY J, THOMAS K. Eds. What's Left of Theory: On the Politics of Literary Theory[M]. New York: Routledge, 2000.

[52] CAHOONE L. From Modernism to Postmodernism: An Anthology [M]. Oxford: Blackwell Publishers, 1996.

[53] CHATMAN S. What Novels Can Do That Films Can't (and Vice Versa) [J]. Critical Inquiry, 1980, 1 (7): 121-140.

[54] CLARK E A. History, Theory, Text: Historians and the Linguistic Turn[M]. Cambridge, Massachusetts, and London: Harvard University Press, 2004.

[55] CULLER J. Structuralist Poetics: Structuralism, Linguistics and the Study of Literature[M]. Ithaca: Cornell University Press, 1975.

[56] CULLER J. The Literary in Theory [M]. Stanford: Stanford University Press, 2007.

[57] CULLER J. Literary Theory: A Very Short Theory[M]. New York: Oxford University Press, 2011.

[58] DADDOW O. Exploring History: Hayden White on Disciplinization [J]. Rethinking History, 2008, 1 (12): 41-58.

[59] DANNIS B, SMITH C, SMITH J. Using Technology, Making History: A Collaborative Experiment in Interdisciplinary Teaching and Scholarship[J]. Rethinking History, 2004, 2 (8): 303-317.

[60] DAVIS N Z. Slaves on Screen: Films and Historical Vision[M]. Cambridge: Harvard University Press, 2000.

[61] DELANTY G. Social Science Beyond Constructivism and Realism[M]. Buckingham: Open University Press, 1997.

[62] DOMANSKA E. A Conversation with Hayden White [J]. Rethinking

History,2008,1（12）:3-21.

[63] DOMANSKA E. Hayden White and Liberation Historiography [J]. Rethinking History,2015,4（19）:640-650.

[64] DORAN R. Ed. Philosophy of History After Hayden White[M]. London and New York:Bloomsbury,2013.

[65] EASTERLIN N,RIEBLING B. Ed. After Poststructuralism:Interdisciplinarity and Literary Theory[M]. Illinois:Northwestern University Press,1993.

[66] ELLIOT J, ATTRIDGE D. Eds. Theory After "Theory" [M]. London and New York:Routledge,2011.

[67] FALCK C. Myth, Truth and Literature: Towards a True Post-modernism [M]. Cambridge:Cambridge University Press,1989.

[68] FEATHERSTONE M. In Pursuit of the Postmodern:An Introduction[J]. Theory,Culture and Society,1988,2-3（5）:195-217.

[69] FINNEY P. Hayden White,International History and Questions too Seldom Posed[J]. Rethinking History,2008,1（12）:103-123.

[70] FREADMAN R,MILLER S. Re-thinking Theory:A Critique of Contemporary Literary Theory and an Alternative Account [M]. Cambridge: Cambridge University Press,1992.

[71] FRODEMAN R, KLEIN J T, MITCHAN C, et al. The Oxford Handbook of Interdisciplinarity[M]. New York:Oxford University Press,2010.

[72] FOGU C. Digitalizing Historical Consciousness [J]. History and Theory, 2009,2（48）:103-121.

[73] GIBLALDI J. Ed. Introduction to Scholarship in Modern Languages and Literature[M]. New York:The Modern Language Association,1981.

[74] GILDERHUS M T. History and Historians:A Historiographical Introduction [M]. New Jersey:Prentice Hall,2010.

[75] GINZBURG C. History, Rhetoric, and Proof[M]. Hanover and London: University Press of New England,1999.

[76] GORMAN J. Hayden White as Analytical Philosopher of Mind [J]. Rethinking History,2013,4（17）:471-491.

[77] GUNN S. History and Cultural Theory [M]. London:Pearson Education Limited,2006.

[78] HARLAN D. Intellectual History and the Return of Literature[J]. The American Historical Review,1989,3（94）:581-609.

[79] HASSAN I H. From Postmodernism to Postmodernity: The Local/global Context[J]. Philosophy & Literature,2001,1(25):1-13.

[80] HERMAN D,JAHN M,RYAN MARIE-LAURE. Routledge Encyclopedia of Narrative Theory[M]. London and New York:Routledge,2005.

[81] HOLLINGER R. Postmodernism and the Social Sciences: A Thematic Approach[M]. London:Sage Publications,1994.

[82] HUTCHEON L. The Poetics of Postmodernism: History, Theory, Fiction [M]. New York and London:Routledge,1988.

[83] JENKINS K. Re-thinking History[M]. New York:Routledge,2003.

[84] JEITH J. Refiguring History:New thoughts on an Old Discipline[M]. New York:Routledge,2003.

[85] JEITH J. Nobody Does it Better:Radical History and Hayden White[J]. Re-thinking History,2008,1 (12):59-74.

[86] JORDANOVA L. History in Practice [M]. New York: Bloomsburg Academic,2010.

[87] KEIBACH J, WACHTER K. Photographs, Symbolic Images, and the Holocaust:On the (IM)possibility of Depicting Historical Truth[J]. History and Theory,2009,2 (48):54-76.

[88] KELLNER H. A Bedrock of Order:Hayden White's Linguistic Humanism [J]. History and Theory,1980,4 (19):1-29.

[89] KELLNER H. The Inflatable Trope as Narrative Theory: Structure or Allegory? [J]. Diacritics,1981,4 (11):14-28.

[90] KELLNER H. "Narrativity in History: Post - Structuralism and Since," History and Theory,1987,4 (26):1-29.

[91] KLEIN J T. Interdisciplinarity:History,Theory,and Practice[M]. Detroit: Wayne State University Press,1990.

[92] KLEIN J T. Humanities,Culture,and Interdisciplinarity:The Changing of American Academy[M]. Albany:State University of New York Press,2005.

[93] KORHOMEN K. Ed. Tropes for the past:Hayden White and the History / Literature Debate[M]. Newyork:Rodopi,2006.

[94] KREISWIRTH M. Trusting the Tale:The Narrativist Turn in the Human Sciences[J]. New Literary History,1992,3 (23):629-657.

[95] KREISWIRTH M. Merely Telling Stories? Narrative and Knowledge in the Human Sciences[J]. Poetics Today,2000,2 (21):pp. 293-318.

[96]KUUKKANEN JOUNI-MATTI. Postnarrativist Philosophy of Historiography [M]. New York:Palgrave Macmillan,2015.

[97] LITOWITZ D E. Postmodern Philosophy and Law [M]. Kansas: The University Press of Kansas,1997.

[98]LITOWITZ D. In Defense of Postmodernism[M]. Oklahoma City:The Green Bag Inc,2000.

[99] LORENZ C. Can Histories be True? Narrativism, Positivism, and the "Metaphorical Turn"[J]. History and Theory,1998,3 (37):309-329.

[100] MCGOWAN J. Postmodernism and Its Critics[M]. Ithaca and London: Cornell University Press,1991.

[101] MILLER H J. Theory Now and Then [M]. Durham:Duke University Press,1991.

[102] MORAN J. Interdisciplinarity[M]. London and New York:Routledge,2002.

[103]MORGAN S,JENKINS K,MUNSLOW A. Manifestos for History[M]. New York:Routledge,2003.

[104]MUNSLOW A. The Routledge Companion to Historical Studies[M]. New York:Routledge,2006.

[105]MUNSLOW A. Editiorial[J]. Rethinking History,2013,4 (17):435-436.

[106] OLSEN S H. The End of Literary Theory [M]. Cambridge: Cambridge University Press,1987.

[107] PAUL H. Hayden White:the Historical Imagination [M]. Cambridge: Polity,2011.

[108]PIHLAINEN K. History in the World:Hayden White and the Consumer of History[J]. Rethinking History,2008,1 (12):23-39.

[109]RABINOW P,SULLIVAN W. Interpretive Social Science:A Reader[M]. Berkeley and Los Angeles:University of California Press,1979.

[110]REJACK B. Toward a Virtual Reenactment of History:Video Games and the Recreation of the Past [J]. Rethinking History, 2007, 3 (11): 411-425.

[111] ROSENAU P M. Post-modernism and the Social Sciences:Insights, Inroads,and Intrusions[M]. New Jersey:Princeton University Press,1992.

[112]ROSENSTONE R A. History in Images/History in Words:Reflections on the Possibility of Really Putting History onto Film[J]. American Historical Review,1988,5 (93):1173-1185.

[113] ROSENSTONE R A. Film Reviews:Introduction[J]. American Historical Review,1989,4 (94):1031-1033.

[114] ROSENSTONE R A. Visions of the Past:The Challenge of Film to Our idea of a New Past[M]. Princeton:Prinseton University of Press,1995.

[115] ROSENSTONE R A. History on Film/Film on History[M]. London and New York:Routledge,2012.

[116] ROWSE A L. The Use of History[M]. Middlesex:Penguin Books,1963.

[117] ROYLE N. Veering:A Theory of Literature [M]. Edinburg:Edinburg University Press,2011.

[118] SIMPSON D. Academic Postmodern and The Rule of Literature:A Report on Half-Knowledge[M]. Chicago:The University of Chicago Press,1995.

[119] SOUTHGATE B. Postmodernism in History:Fear or Freedom? [M]. London & New York:Routledge,2003.

[120] SOUTHGATE B. History Meets Fiction[M]. Harlow:Pearson Education Limited,2009.

[121] SPIEGEL G M. Practicing History:New Directions in Historical Writing after the Linguistic Turn[M]. New York and London:Routledge,2005.

[122] SPIEGEL G M. Presidential Address:The Task of the Historian[J]. The American Historical Review,2009,1 (114):1-15.

[123] SPIEGEL G M. Above,About and Beyond the Writing of History:A Retrospective view of Hayden White's Metahistory on the 40th Anniversary of its Publication[J]. Rethinking History,2013,4 (17):492-508.

[124] STEELE M. Hiding from History:Politics and Public Imagination[M]. Ithaca and London:Cornell University Press,2005.

[125] STOW S. Republic of Readers?:the Literary Turn in Political Thought and Analysis[M]. New York:State University of New York,2007.

[126] TUCKER A. Ed. A Companion to the Philosophy of History and Historiography[M]. West Sussex:John Wiley & Sons,2011.

[127] TUCKER J,CAMPT T. Entwined Practices:Engagements with Photography in Historical Inquiry[J]. History and Theory,2009,4 (48):1-8.

[128] TURNER S P,ROTH P A. The Blackwell Guide to the Philosophy of the Social Sciences[M]. Malden:Blackwell Publishing,2003.

[129] VANN R T. The Rception of Hayden White[J]. History and Theory,1998, 2 (37):143-161.

[130] WARD S C. Reconfiguring Truth: Postmodernism, Science Studies, and the Search for a New Model of Knowledge[M]. Lanham: Rowman & Littlefield Publishers, 1996.

[131] WILSON N J. History in Crisis? Recent Directions in Historiography[M]. New Jersey: Pearson Education, 2005.

[132] WINDSCHUTTLE K. The Killing of History: How Literary Critics and Social Theorists are Murdering Our Past[M]. New York: Free Press, 1997.

[133] ZIMA P V. What is Theory? Cultural Theory as Discourse and Dialogue [M]. London and New York: Continuum International Publishing Group, 2007.

二、中文文献

[1] 艾尔文·古德纳. 知识分子的未来和新阶级的兴起[M]. 顾晓辉, 蔡嵘, 译. 南京: 江苏人民出版社, 2002.

[2] 埃娃·多曼斯卡. 邂逅: 后现代主义之后的历史哲学[M]. 彭刚, 译. 北京: 北京大学出版社, 2007.

[3] 安·兰德. 客观主义认识论导论[M]. 江怡, 李广良, 侯艳, 译. 北京: 华夏出版社, 2007.

[4] 安克施密特. 历史与转义: 隐喻的兴衰[M]. 韩震, 译. 北京: 文津出版社, 2005.

[5] 阿瑟·丹图. 叙述与认识[M]. 周建漳, 译. 上海: 上海译文出版社, 2007.

[6] Aviezer Tucker. 我们关于过去的知识: 史学哲学[M]. 徐陶, 于晓凤, 译. 北京: 北京师范大学出版社, 2008.

[7] 芭芭拉·查尔尼娅维斯卡. 社会科学研究中的叙事[M]. 鞠玉翠, 译. 北京: 北京师范大学出版社, 2010.

[8] 彼得·巴里. 理论入门: 文学与文化研究导论[M]. 杨建国, 译. 南京: 南京大学出版社, 2014.

[9] 彼得·诺维克. 那高尚的梦想: "客观性问题"与美国历史学界[M]. 杨豫, 译. 北京: 生活·读书·新知三联书店, 2009.

[10] 波林·罗斯诺. 后现代主义与社会科学[M]. 张国清, 译. 上海: 上海译文出版社, 1998.

[11] C. Behan McCullagh. 历史的逻辑: 把后现代主义引入视域[M]. 张秀琴, 译. 北京: 北京师范大学出版社, 2010.

[12] C. P. 斯诺. 两种文化[M]. 陈克艰, 秦小虎, 译. 上海: 上海科学技术出版社, 2003.

[13]陈嘉明,等.科学解释与人文理解[M].上海:上海人民出版社,2010.

[14]陈新.历史认识:从现代到后现代[M].北京:北京大学出版社,2010.

[15]余虹,等.学术后现代问题[M].北京:中央编译出版社,2003.

[16]Derek Attridge,Geoff Bennington,Robert Young.历史哲学:后结构主义路径[M].夏莹,崔唯航,译.北京:北京师范大学出版社,2009.

[17]蒂莫西·加顿艾什.事实即颠覆:无以名之的十年的政治写作[M].于金权,译.桂林:广西师范大学出版社,2014.

[18]董馨.文学性与历史性的融通:海登·怀特历史诗学研究[M].北京:中国社会科学出版社,2010.

[19]E. H.卡尔.历史是什么?[M].陈恒,译.北京:商务印书馆,2012.

[20]F. R.安克施密特.历史与转义:隐喻的兴衰[M].韩震,译.北京:文津出版社,2005.

[21]F. R.安克斯密特.历史表现[M].周建漳,译.北京:北京大学出版社,2011.

[22]F. R.安克斯密特.崇高的历史经验[M].杨军,译.北京:东方出版中心,2011.

[23]F. R.安克斯密特.叙述逻辑:历史学家语言的语义分析[M].田平,原理,译.郑州:大象出版社,2012.

[24]费尔迪南·德·索绪尔.普通语言学教程[M].高名凯,译.北京:商务印书馆,2009.

[25]费利克斯·吉尔伯特.历史学:政治还是文化[M].刘耀春,译.北京:北京大学出版社,2012.

[26]福柯.知识考古学[M].谢强,马月,译.北京:生活·读书·新知三联书店,2010.

[27]福柯.词与物:人文科学考古学[M].莫伟民,译.上海:上海三联书店,2012.

[28]高辛勇.修辞学与文学阅读[M].北京:北京大学出版社,1997.

[29]格奥尔格·伊格尔斯.二十世纪的历史学:从科学的客观性到后现代的挑战[M].何兆武,译.济南:山东大学出版社,2006.

[30]海登·怀特.后现代历史叙事学[M].陈永国,张万娟,译.北京:中国社会科学出版社,2003.

[31]海登·怀特.形式的内容:叙事话语与历史再现[M].董立河,译.北京:文津出版社,2005.

[32]海登·怀特.元史学:十九世纪欧洲的历史想象[M].陈新,译.南京:译

林出版社,2009.

[33]海登·怀特.形式的内容:叙事话语与历史再现[M].董立河,译.北京:文津出版社,2005.

[34]海登·怀特.话语的转义:文化批评集[M].董立河,译.郑州:大象出版社,2011.

[35]汉斯·凯尔纳.语言和历史描写:曲解故事[M].韩震,吴玉军,译.郑州:大象出版社,2010.

[36]韩震.20世纪西方历史哲学[M].北京:北京师范大学出版社,2003.

[37]韩震,董立河.历史学研究的语言学转向:西方后现代历史哲学研究[M].北京:北京师范大学出版社,2008.

[38]黄进兴.后现代主义与史学研究[M].北京:生活·读书·新知三联书店,2008.

[39]基思·詹金斯.论"历史是什么?":从卡尔和艾尔顿到罗蒂和怀特[M].江政宽,译.北京:商务印书馆,2007.

[40]杰罗姆·凯根.三种文化:21世纪的自然科学、社会科学和人文学科[M].王加丰,宋严萍,译.上海:上海人民出版社,2010.

[41]克利福德·格尔兹.文化的解释[M].韩莉,译.南京:译林出版社,1999.

[42]克利福德·格尔兹.论著与生活:作为作者的人类学家[M].方静文,黄剑波,译.北京:中国人民大学出版社,2013.

[43]柯林伍德.历史的观念[M].何兆武,张文杰,陈新,译.北京:北京大学出版社,2012.

[44]拉尔夫·科恩.文学理论的未来[M].程锡麟,王晓路,林必果,译.北京:中国社会科学出版社,1993.

[45]理查德·艾文斯.捍卫历史[M].张仲民,潘玮琳,章可,译.桂林:广西师范大学出版社,2009.

[46]理查德·罗蒂.偶然、反讽与团结[M].徐文瑞,译.北京:商务印书馆,2005.

[47]理查德·罗蒂.哲学和自然之镜[M].李幼蒸,译.北京:商务印书馆,2012.

[48]琳达·哈琴.后现代主义诗学:历史·理论·小说[M].李杨,李锋,译.南京:南京大学出版社,2009.

[49]琳达·哈琴.反讽之锋芒:反讽的理论与政见[M].徐晓雯,译.开封:河南大学出版社,2010.

[50] M. C. Lemon. 历史哲学:思辨、分析及其当代走向[M]. 毕芙蓉,译. 北京:北京师范大学出版社,2009.

[51] 马克·布洛赫. 为历史辩护[M]. 张和声,程郁,译. 北京:中国人民大学出版社,2006.

[52] 马克·费罗. 电影和历史[M]. 彭姝祎,译. 北京:北京大学出版社,2008.

[53] 迈克尔·吉本斯. 知识生产的新模式:当代社会科学与研究的动力学[M]. 陈洪捷,沈文钦,译. 北京:北京大学出版社,2011.

[54] 迈克尔·欧克肖特. 论历史及其他论文[M]. 张汝伦,译. 上海:上海译文出版社,2009.

[55] 娜塔莉·泽蒙·戴维斯. 马丁·盖尔归来[M]. 刘永华,译. 北京:北京大学出版社,2009.

[56] 娜塔莉·泽蒙·戴维斯. 档案中的虚构:16世纪法国的赦罪故事及故事的讲述者[M]. 饶佳荣,陈瑶,译. 北京:北京大学出版社,2015.

[57] 努斯鲍姆. 诗性正义[M]. 丁晓东,译. 北京:北京大学出版社,2010.

[58] 彭刚. 叙事的转向:当代西方史学理论的考察[M]. 北京:北京大学出版社,2009.

[59] 乔纳森·卡勒. 结构主义诗学[M]. 盛宁,译. 北京:中国社会科学出版社,1991.

[60] 乔纳森·卡勒. 文学理论入门[M]. 李平,译. 南京:译林出版社,2008.

[61] 乔治·莱考夫,马克·约翰逊. 我们赖以生存的隐喻[M]. 何文忠,译. 杭州:浙江大学出版社,2015.

[62] 让-弗朗索瓦·利奥塔尔. 后现代状态:关于知识的报告[M]. 车槿山,译. 南京:南京大学出版社,2011.

[63] Robert F. Berkhofer, Jr. . 超越伟大故事:作为文本和话语的历史[M]. 邢立军,译. 北京:北京师范大学出版社,2008.

[64] 斯蒂芬·P·特纳,保罗·A·罗思. 社会科学哲学[M]. 杨福斌,译. 北京:中国人民大学出版社,2009.

[65] 斯特凡·约尔丹. 历史科学基本概念辞典[M]. 孟钟捷,译. 北京:北京大学出版社,2012.

[66] 索卡尔,德里达,罗蒂. "索卡尔事件"与科学大战:后现代视野中的科学与人文的冲突[M]. 蔡仲,邢冬梅,等译. 南京:南京大学出版社,2005.

[67] 汤因比. 历史的话语:现代西方历史哲学译文集[M]. 张文杰,编. 北京:中国人民大学出版社,2012.

[68]特里·伊格尔顿.理论之后[M].商正,译.北京:商务印书馆,2009.

[69]托马斯·库恩.科学革命的结构[M].金吾伦,胡新和,译.北京:北京大学出版社,2003.

[70]托马斯·库恩.必要的张力——科学的传统和变革论文选[M].纪树立,范岱年,罗慧生,译.北京:北京大学出版社,2004.

[71]王晴佳,古伟瀛.后现代与历史学:中西比较[M].济南:山东大学出版社,2006.

[72]王晴佳.新史学讲演录[M].北京:中国人民大学出版社,2010.

[73]王晴佳.西方的历史观念:从古希腊到现在[M].北京:北京师范大学出版社,2013.

[74]王希,卢汉超,姚平.开拓者:著名历史学家访谈录[M].北京:北京大学出版社,2015.

[75]维科.新科学[M].北京:人民文学出版社,2008.

[76]王霞.在诗与历史之间:海登·怀特历史诗学理论研究[M].北京:中国社会科学出版社,2014.

[77]汪正龙.西方形式美学问题研究[M].哈尔滨:黑龙江人民出版社,2007.

[78]William Sweet.历史哲学:一种再审视[M].魏小巍,朱舫,译.北京:北京师范大学出版社,2008.

[79]沃尔什.历史哲学导论[M].何兆武,张文杰,译.桂林:广西师范大学出版社,2001.

[80]西蒙·冈恩.历史学与文化理论[M].韩炯,译.北京:北京大学出版社,2012.

[81]希拉里·普特南.理性、真理与历史[M].童世骏,李光程,译.上海:上海译文出版社,2006.

[82]亚里士多德.修辞术·亚历山大修辞学·论诗[M].颜一,崔延强,译.北京:中国人民大学出版社,2003.

[83]亚里士多德.诗学[M].陈中梅,译注,北京:商务印书馆,2014.

[84]雅克·德里达.文学行动[M].赵兴国,译.北京:中国社会科学出版社,1998.

[85]杨向荣.西方美学与艺术哲学基本问题[M].北京:中国社会科学出版社,2013.

[86]以赛亚·伯林.俄国思想家[M].彭淮栋,译.南京:译林出版社,2001.

[87]约翰·布罗克曼.第三种文化:洞察世界的新途径[M].吕芳,译.北京:

中信出版社,2012.

[88]约翰·赫伊津哈.中世纪的秋天:14世纪和15世纪法国与荷兰的生活、思想与艺术[M].何道宽,译.桂林:广西师范大学出版社,2008.

[89]翟恒兴.走向历史诗学:海登·怀特的故事解释与话语转义理论研究[M].杭州:浙江大学出版社,2014.

[90]朱丽·汤普森·克莱恩.跨越边界:知识 学科 学科互涉[M].姜智芹,译.南京:南京大学出版社,2005.

[91]周朝成.当代大学中的跨学科研究[M].北京:中国社会科学出版社,2009.

[92]周建漳.历史哲学[M].北京:北京大学出版社,2015.

[93]陈后亮.历史书写元小说的再现政治与历史问题[J].当代外国文学,2010(3):31-40.

[94]陈嘉明.人文主义思潮的兴盛及其思维逻辑:20世纪西方哲学的反思[J].厦门大学学报(哲学社会科学版),2001(1):42-48.

[95]陈嘉映.索绪尔的几组基本概念[J].杭州师范学院学报,2002(2):51-55.

[96]陈新.论历史叙述在历史学实践中的地位及功能[J].学术研究,1999(2):47-52.

[97]陈新.诗性预构与理性阐释:海登·怀特和他的《元史学》[J].河北学刊,2005(2):188-192.

[98]陈新.历史·比喻·想象:海登·怀特历史哲学述评[J].史学理论研究,2005(2):68-79.

[99]韩震,刘翔.历史文本作为一种言辞结构:海登·怀特历史叙述理论之管窥[J].社会科学战线,2009(5):13-19.

[100]林庆新.历史叙事与修辞:论海登·怀特的话语转义学[J].国外文学,2003(4):3-10.

[101]莫立民,周宜生.海登·怀特历史诗学再思辨[J].甘肃联合大学学报(社会科学版),2011(4):20-25.

[102]彭刚.叙事、虚构与历史:海登·怀特与当代西方历史哲学的转型[J].历史研究,2006(3):23-28.

[103]彭刚.对叙事主义史学理论的几点辨析[J].史学理论研究,2010(1):6-12.

[104]R.T.汪.转向语言学:1960—1975年的历史与理论和《历史与理论》[J].哲学译丛,1999(3):57-63.

[105]R. T. 汪. 转向语言学:1960—1975 年的历史与理论和《历史与理论》续[J]. 哲学译丛,1999(4):32-42.

[106]沈明. 法律与文学:可能性及其限度[J]. 中外法,2006(3):310-322.

[107]孙慕天,刘玲玲. 两种文化问题的历史考辩[J]. 自然辩证法通讯,1993(3):33-40.

[108]文森特·利奇. 理论的终结[J]. 国外理论动态,2006(7):36-39.

[109]汪正龙. 西方诗学中的"诗史之辨"及其理论思考:兼谈西方诗学从哲性诗学到文本诗学的转变[J]. 江海学刊,2000(5):183-187.

[110]宇森,汪荣祖. 什么是后设史学? 寻找一个可以理解的研究历史之理论[J]. 史学史研究,2013(2):81-90.

[111]翟恒兴. 历史之真:故事的形式论证式解释模式:论海登·怀特历史诗学的真实性诉求[J]. 广西社会科学,2013(3):133-137.

[112]赵志义. 历史话语的文学性:兼论海登·怀特的历史诗学[J]. 青海师范大学学报(哲学社会科学版),2006(4):76-79.

[113]张广智. 重现历史:再谈影视史学[J]. 学术研究,2000(8):84-90.

[114]张广智. 影视史学与书写史学之异同[J]. 学习与探索,2002(1):125-130.

[115]张广智. 影视史学:历史学的新生代[J]. 历史教学问题,2007(5):36-41.

[116]周建漳. 历史与故事[J]. 史学理论研究,2004(2):120-130.

[117]周建漳. 真理与修辞[J]. 科学·经济·社会,2013(3):15-21.

[118]周宪. 文学理论、理论与后理论[J]. 文学评论,2008(5):82-87.

[119]周宪. 文学理论范式:现代和后现代的转换[J]. 南京社会科学,2012(1):126-134.